AW

Alles Schöpferische entsteht durch Zweifel. Dem einfachen Satz ist nicht zu trauen. Traum, Vision, Gedicht und Erzählung, hingeschrieben in scheinbarer Leichtigkeit, sparen das Geheimnis nicht aus, jenen Spielraum, der, versucht man Geschichten nur wahrheitsgetreu zu erfassen, hinter den Zeilen verschwindet. Die Andeutung, das Aufzeigen der Dinge, die Behauptung und das Nichtgesagte ergeben ein Bild von Wahrheit, das jeder Realität standhält.

In mehr als hundert ineinandergreifenden Geschichten (die längste hat elf Seiten, die kürzeste vier Zeilen) wird anhand der Parabel, der Groteske, der Fabel und der Übertreibung von Personen und Ereignissen berichtet, denen allen gemeinsam die Thematik „In der Fremde" zugrunde liegt. Skizzenhaft, lakonisch, phantastisch überhöht, bis an die Grenzen der Erzählbarkeit.

Adelhard Winzer, geboren in Karlshuld/Bayern, verbrachte die ersten Kinderjahre auf dem Bauernhof seines Onkels, Mitbegründer verschiedener Bands, Reisen durch Europa, Kinderbuchveröffentlichung „Andreas" im Georg Lentz Verlag, München, Bankangestellter, Bankkaufmann, intensive Schreib- und Zeichentätigkeit, Ausstellungen in Neuburg an der Donau, München und Umgebung, zwei Stücke im Cantus Theaterverlag, Eschach: „Krethi und Plethi" – „Das Korkenspiel", lebt im Chiemgau.

ADELHARD WINZER
DIE SPRACHGRENZE
Geschichten

Bibliografische Information der
Deutschen Nationalbibliothek: Die Deutsche
Nationalbibliothek verzeichnet diese Publikation
in der Deutschen Nationalbibliografie. Detaillierte
bibliografische Daten sind im Internet über
http://dnb.dnb.de abrufbar.

© 2018 Adelhard Winzer
Herstellung und Verlag:
BoD – Books on Demand, Norderstedt
Umschlagzeichnung:
Adelhard Winzer

ISBN: 978-3-7460-8742-9

DIE SPRACHGRENZE

Der Stuhl

Ein Stuhl stand im Zimmer, nichts als ein Stuhl. Keine Marke, kein Kunstwerk, ein Stuhl eben mit vier Beinen, nichts weiter. Aus Holz und einer Rückenlehne. Was soll ich noch sagen? Dass es ein Vormittag war, oder wäre Ihnen ein Nachmittag lieber, wenn die Leute in den Büros bereits von ihren Stühlen aufgestanden sind. Aber so ein Stuhl ist das nicht. Nur ein ganz einfacher Holzstuhl mit Rückenlehne und vier Beinen, der im Zimmer steht, und sonst nichts. Auf den man sich setzen kann, ohne ans Büro zu denken, an den Chef. Ein Stuhl mit vier Beinen und Rückenlehne. Ein Stuhl. Ein ganz einfacher Stuhl.

Brot und Wein

Die Eier aufgeschlagen, brutzeln in der Pfanne. Wein steht bereit und frisches Weißbrot. Jetzt folgt der Speck. Bloß keinen Aufwand, sagte sie, mach einfach, was du gerne hast. Als sie schließlich vor ihm stand, mit nassen Haaren und strahlenden Augen, rief sie, das duftet aber gut! Setz dich, sagte er, heute wirst du verwöhnt. Auf meine Art, fügte er hinzu. Und ein herrlich blauer Himmel lag über dem glitzernden Meer.

Das Kind

Ich kann mit den Bäumen sprechen, sagte das Kind, mit den Wolken, dem Wind, auch mit dem Mond und der Sonne. Mit den Bäumen am liebsten, wiederholte es. Gut, dass wir dich haben, sagte die Mutter. Ich hab dich lieb, das Kind.

Als der Schlange Flügel wuchsen

Als der Schlange Flügel wuchsen, musste sie sich neu orientieren. Sie bekam Höhenangst. Wovon sollte sie leben? Als die Nacht hereinbrach, suchte sie Unterschlupf, doch die Fledermäuse zeigten kein Interesse. Auch war ihre ehemalige Höhle zu klein. Da kam sie auf die Idee, ein Mensch zu werden, verkleidete sich als Königin. Bald merkte sie, dass sie zur falschen Zeit geboren war. Das Reich, das sie suchte, existierte nicht mehr. So begann sie zu trinken von der Kaktusblüte, wurde zur Spirituosenhändlerin. Versteckt in den Bergen, geschützt von einer Armee, bewaffnet bis an die Zähne, beinahe unsichtbar, wurde sie groß und mächtig, und jeder erstarrte vor ihr. Nachts träumte sie vom heißen Wüstensand, von frischem Gras und Gestein. Sie hasste ihr neues Leben. Obwohl sie so mächtig war. Sie wollte wieder eine Schlange sein.

Leben und Tod

Der Schwarzhaarige sagte: Es ist wie Hundescheiße. Was, fragte das Narbengesicht. Das Leben, entgegnete er. Der Blonde meinte, Zeit ist nicht wichtig, nur was du aus ihr machst. Sein Gegenüber erwachte: Weißt du auch, wie spät es ist? Das Mädchen im blauen Overall beteiligte sich nicht am Gespräch. Ihr Nachbar sagte: Nur was sein kann, ist möglich. Und die Lady in Weiß sprach: Gott liebt alle! Ich liebe das Harte und Steife, meinte die Leichtgeschürzte. Der Student der Sprachwissenschaften entgegnete: Aperta quoque apertiora fieri solent. Offensichtliches kann nur noch offensichtlicher werden, heißt es nicht so, fragte der Tod in der Ecke, und alle verstummten. Er war auf dem Weg zu seinem stärksten Widersacher. Die Gespräche amüsierten ihn.

Der Vater

Die Frauen liefen durch eine Türe, hinaus in den Hof. Ihre Schatten fielen auf ein Kind, das vor ihnen stand und weinte. Bleib, riefen sie und kreisten es ein. Das Kind hielt ein Messer in der Hand. Wenn wir zu nahe treten, ist es zu spät, dachten sie und blieben stehen. Die Mutter löste sich von ihnen, kam langsam näher. Sie betrachtete die aufgeschürften Knie ihres Kindes, das tiefrote Blut, das noch immer aus der Schädeldecke rann. Er wollte es umbringen und hat es nicht geschafft, das Scheusal! Komm mit uns, riefen die Frauen. Das Kind verdrehte plötzlich die Augen, fiel wie ein Stein zu Boden. Die Frauen wandten sich erschrocken ab. Das Kind bewegte sich nicht mehr. Der Vater hatte es geschlagen, zu Tode geprügelt wegen einer Lappalie. Die Mutter begann zu weinen, küsste das Kind, blickte sich instinktiv um. Der Vater stand jetzt hinter ihr, teilnahmslos, unbewegt. Er ging zurück ins Haus, versperrte die Türe. Ein Schrei war zu hören. Ein furchtbar langgezogener Schrei, von dem man nicht wusste, woher er kam.

Die Firma

Er saß mir gegenüber in der warmen Frühlingssonne, mit offenem Mantel und verschwitztem Hemd. Er hielt einen modischen Hut in der Hand, den er zwischen seinen Fingern kreisen ließ. Die Firma ist die Zukunft, sagte er, Computer der neuesten Generation! Er trumpfte auf, als hätte er sämtliche Maschinen erfunden. Sein Spruch lautete: Du hast keine Ahnung! Ich bin ganz vorne dabei! Du darfst nicht aufgeben, schön dran bleiben, nicht aufgeben!

Heute saß er mir wieder gegenüber, ohne Hut, und mit weniger Haaren. Sein Spruch lautete: Zurück zu den Anfängen! Das einfache Lied ist gefragt! Zurück in die Zukunft! Er schüttete sich das fünfte Glas Bier in den Rachen, holte seinen Firmenausweis aus der Tasche, auf dem genau zu sehen war, wie lange er noch Arbeit hatte. Seine Frau blickte mich an, als wollte sie sagen: Glaub ihm kein Wort! Zurück in die Zukunft, wiederholte er, bevor sein Kopf endgültig auf die Tischplatte fiel. Die Frau rüttelte ihn wach, doch es war sinnlos. Längst war alles sinnlos geworden.

Das Haus

Als der Mann das Haus erreicht hatte, waren die Türen verschlossen. Er klopfte ans Fenster. Niemand öffnete. War er zu spät? Es hieß, die Türe sei jederzeit offen für ihn. Er stand allein, ohne Fürsprecher. Also traute man ihm nicht. Ohne Fürsprecher war man verloren. Das wusste er. Aber warum hatten sie ihn eingeladen? Plötzlich dachte er an eine Falle. Auf halbem Weg zurück bemerkte er, wie im Haus des Fremden ein Licht anging. Er blieb stehen, kehrte aber nicht mehr um.

Drei Bretter

Drei Jungen marschierten vor mir her. Jeder hatte ein Brett auf den Rücken geschnallt, rot, blau und gelb. Der Junge mit dem roten Brett hinkte. Sie zogen lachend durch einen Tunnel, blieben hin und wieder stehen, blickten sich um. Vor einem großen Platz machten sie Halt, schnallten sich gegenseitig die Bretter vom Rücken. Der mit dem roten Brett setzte sich auf eine Bank. Das Brett auf seinem Rücken ragte weit über seine Schultern hinaus. Die beiden schossen jetzt wie wildgewordene Tiere mit ihren Brettern aufeinander zu. Der Junge auf der Bank feuerte sie an, blickte dabei mit leeren Augen vor sich hin. Schließlich kehrten sie zurück zu ihm, schnallten sich die Bretter wieder auf den Rücken. Sie lachten und bewegten sich, wie es nur junge Leute können.

Der Junge

Sie trat in die Bottega, blickte sich um und erkannte den Jungen. Ihre Haare waren triefnass. Die Schuhe schmerzten sie. Ihre Achselhöhlen, an die sie wie unter Zwang auf dem Weg hierher denken musste, hatten keine Bedeutung mehr. Sie schloss ihre Augen, atmete tief, dabei blähten sich ihre Nüstern. Der Junge, den sie an der Straßenkreuzung noch in Gedanken liebkost hatte, stand plötzlich neben ihr. Er stellte ihr nach, das wusste sie. Sie gab sich nicht zu erkennen, würde es niemals tun. Auffallend langsam ging sie die Theke entlang.

Mann und Frau

Bevor sie schlafen geht, hängt sie ihre Kleider auf den Balkon. Sie geht vor ihm schlafen und sagt, holst du meine Kleider rein, bevor du schlafen gehst? Natürlich, sagt er. Nicht vergessen, sagt sie, das Bad ist jetzt frei. Schlaf gut, sagt er.

Die Frau

Wenn sich die Frau einsam fühlt, umschlingt sie manchmal ihren Mann mit beiden Armen, erdrückt ihn beinahe dabei. Sie meint das nicht böse. Sie fühlt sich nur manchmal sehr einsam.

Der Idiot

Sie ließ ihn zappeln am Telefon, machte sich einen Spaß daraus, nicht mehr zu antworten. Und wieder begann er zu stammeln, wie sehr er sie liebe, nicht mehr leben könne ohne sie. Sie sagte nur noch einen Satz, bevor sie ihr Telefon aushängte: Mein kleiner Idiot, ich habe keine Zeit mehr für dich.

Der alte Mann

Der alte Mann kehrte erschöpft von seinem Sonntagspaziergang zurück, öffnete die Türe und sah, wie eine junge Frau schwerbepackt mit Koffern und Schachteln den Aufzug verließ. Der Lift war vollgestellt mit Taschen und Stühlen, einer Kaffeemaschine, Bilderrahmen und Stöckelschuhen. Er blieb stehen, drückte auf den Knopf außerhalb des Fahrstuhls, damit die junge Frau ungehindert ihre Sachen ausräumen konnte. Sie bedankte sich herzlich und stellte ihre Pakete, Stühle, Taschen und Stöckelschuhe auf den Flur. Gern geschehen, sagte der Mann. Als er einstieg und den Knopf zu seinem Stockwerk drückte, spürte er ein angenehmes Gefühl in sich aufsteigen. In der Wohnung angelangt, hörte er im Radio eine Sendung über gute Werke. Er setzte sich, nahm die Zeitung in die Hand und fühlte sich bestätigt. Jawohl, rief er und erschrak beinahe über seine Stimme.

Das Fenster

Vor meinem Fenster liegt eine weite Landschaft. Drei Frauen in Abendkleidern gehen vorbei. Die Mutter folgt ihnen. Ich stelle Milch aufs Fensterbrett für die Katze. Ich habe eine Katze, das weiß ich. Eine Freundin. Vor dem Fenster steht eine Leiter. Niemand versperrt mir den Weg.

Warten

Er war hin- und hergerissen. Er liebte die Menschen, er hasste sie. Er wartete und wartete. Sein ganzes Leben war ein endloses Warten. Der Mond ging auf, die Sonne kam, die Nächte mochte er am liebsten, und doch fühlte er sich fehl am Platz. War er allein, wollte er zu zweit sein. Ein Scheusal, dachte er manchmal, ein Scheusal müsste man sein. Das war er nicht. Auch nicht feige. Vor Jahren hat er einem ertrinkenden Kind das Leben gerettet. Schon stand er im Rampenlicht, und die Nachbarn waren keine Nachbarn mehr. Nein, das wollte er nicht. Sie nahmen es ihm übel. So ein Leben dauert lange, sagte er. Er wusste es. Der endlose Kreislauf. Er war hin- und hergerissen und wartete, Tag für Tag. Er wollte leben, nicht gehorchen den Irrtümern des Lebens.

Lebenslauf

Er wird geboren. Er hat eine schöne Kindheit. Er geht zur Schule. Er beginnt zu studieren. Er verliebt sich. Er heiratet. Er wird Vater. Er trennt sich. Seine Mutter stirbt. Er macht Karriere. Er verkauft sein Haus. Er zieht ins Ausland. Er denkt nicht an die Vergangenheit. Er kümmert sich nicht. Er hat keine Feinde. Er hat keine Freunde.

Der Vogel

Ein Vogel hatte sich in einem Strauch verfangen, die angepickte Beere noch im Schnabel. Er flatterte, ließ den Strauch erzittern. Bei näherer Betrachtung erkannte der Mann, der dort stehen geblieben war, eine Amsel, pechschwarz vor dem abendlichen Himmel. Er trat näher, griff in den Strauch, und ein blankgeputztes, gelbumrandetes Auge beobachtete ihn. Er griff noch einmal in den Strauch, verspürte einen Schmerz. Der Vogel zappelte in seiner Hand, sah angriffslustig aus. Schließlich umfasste ihn der Mann mit beiden Händen, riss ihn ruckartig aus dem Zweig, dass die Krallen eines Fußes hängenblieben daran. Das kleine Herz des Vogels schlug wild in seiner Hand. So etwas hatte er noch nie gespürt. Er schloss seine Augen, hob beide Hände in die Höhe, und warf das wild pochende Herz zurück in die Freiheit. Die beste Lösung, dachte der Mann, was hätte ich anderes tun sollen! Er blickte auf die kleine angepickte Beere in seiner zitternden Hand.

Am Meer

Jedes Jahr fuhr er in den Süden, ans Meer. Allein mit seinem Hund. Ein Bergdorf, weit abgelegen. Das liebte er, obwohl er kaum die Sprache der Einheimischen verstand. Mit Gesten konnte man sich auch verständigen. Und das Wörterbuch griffbereit. Die Pensionsinhaberin liebte Tiere. Vor allem seinen Hund. Jedenfalls kam es ihm so vor. Wie sie sprach mit ihm, und gleich einen kleinen Knochen parat. So etwas verbindet. Obwohl sie eine andere Sprache sprach, verstand der Hund jede Tonlage in ihrer Stimme. Der Mann ruhte sich aus nach der Ankunft. Das liebte er, die Stille. Und sein Hund bekam einen Extraplatz. Abgeschirmt von der Sonne. Der Mann schätzte das sehr, die kleinen Aufmerksamkeiten. Dafür gibt man gerne Trinkgeld. Sein Bett bezogen mit weißen Tüchern. Stillschweigende Übereinkunft. Dort fühlte er sich zu Hause, geborgen und in Sicherheit. Für alles war gesorgt. Das Essen nach seinem Geschmack. Einfach königlich. Allein die Aussicht aus seinem Zimmer rechtfertigte den Vergleich. Vier Wochen allein am Meer, und wie neugeboren zurück. Dafür lassen sich die Schmerzen ertragen. Die Erniedrigungen der

Kollegen. Dafür lässt es sich leben für den Rest des Jahres. Bis heute weiß keiner, wo er sich aufhält. Vier Wochen im Jahr, allein mit seinem Hund. Weit im Süden, am Meer.

Die Fliegen

Den ganzen Vormittag über beobachtete er die Fliegen, die klein und verspielt im Zimmer umherschwirrten, ruckartig ihre Flugrichtung änderten, sich gegenseitig verfolgten, immerzu um den kleinen schmalen Streifen herum, an dem bereits neun Fliegen klebten – halb noch am Leben und doch schon tot. Und sobald sie sich der klebrigen Masse näherten, beinahe kleben blieben an ihr, schossen sie wieder davon, spielten weiter ihr verwegenes Spiel, als sei nichts geschehen. Der Mann fragte sich, erkannten sie im Heranfliegen bereits die süße Gefahr, war es der Geruch, die Farbe, goldgelb, oder nur Zufall, der sie wieder forttrieb. Jetzt aber hatte er sie gesehen, noch eine, die nicht mehr loskam von dem schmalen klebrigen Streifen, hilflos zappelnd, verzweifelt, völlig ergeben, nur noch warten konnte auf den Tod.

Die Bar

Das Mädchen hinter der Bar lächelte, machte ihn verlegen mit einem Blick, stand scheu und verloren vor ihm, wartete wahrscheinlich auf eine Geste, ein freundliches Wort. Gestern sei sie krank gewesen, sagte sie in gebrochenem Deutsch, habe unentwegt Prüfung, wann er angekommen sei. Gestern, sagte er, nein, vorgestern. Sie schaute ihn an, dass er nichts mehr sagen konnte, blickte ihm in die Augen, als könne nur er sie erlösen. Wahrscheinlich war sie freundlichere Worte gewohnt von den Gästen. Nur jetzt, an diesem Nachmittag, hielt er sich alleine auf in dieser Bar. Er trank seinen kleinen Espresso, obwohl er einen großen haben wollte, und blickte zur Seite. Wahrscheinlich hatte er sich falsch ausgedrückt. Einen kleinen Kaffee bekam er und ein scheues, verunsichertes Lächeln. Er zahlte, ging schließlich hinunter ans Meer. Er schwor sich, nie mehr einen Espresso zu trinken. Er lachte, als er sich in die Fluten stürzte. Seine Gedanken waren bei dem Mädchen hinter der Bar.

Sehnsucht

Wenn ich erst fertig bin mit der Arbeit, wird alles anders, das ist nicht das Leben, nein, alle Leute sagen das, nichts als Ärger und Verdruss im Büro, das Leben wartet noch auf mich! Als es ihn schließlich traf, völlig überraschend, und mit aller Gewalt, war es doch nicht das Leben. Die Tage so lang, aufstehen, nichts tun, weiterschlafen bis Mittag und dem Leben nur zusehen und morgen, der Urlaub, kein Urlaub mehr, was wird übermorgen sein. Was ist, fragt die Frau, er kann es ihr nicht erklären, nur schlafen und aufstehen, dem Leben zusehen. Der ehemalige Arbeitskollege, nie zuvor an diesem Urlaubsort, erzählt von seinen Aufstiegschancen, von dem neuen Chef im Büro. Er aber, weil so gewollt, vorzeitig im Ruhestand, keine Höhepunkte mehr, kein Erfolgserlebnis, ein Tag wie der andere, und ohne Rhythmus, versteht ihn, den ehemaligen Kollegen. Was hast du, fragt sie, nichts, entgegnet er. Wie er ihn beneidet, den ehemaligen Kollegen, der sich zu Tode langweilt hier, es nicht mehr ertragen kann, diese Einöde, sich heute schon freut auf die Rückreise, wieder nach Hause fahren kann, voller Zuversicht, zurück ins Büro.

Gehen

Wieder hatte er Streit mit dem Jungen. Mit dem Jungen und der Frau. Wieder begann die Frau zu schreien, und der Junge äffte seine Worte nach. Wie er sie hasste. Zwei Verbündete, gegen die er machtlos war. Ihre stumme Übereinkunft ließ ihn wieder nur denken: Ich gehe! Sie waren im Recht und er der Verlierer. Er fuhr durch den Ort, den Hügel empor und wusste nicht mehr weiter. Er, der Besserwisser, das Scheusal! Er verlangsamte seine Fahrt. Das fette Grün der Maisfelder konkurrierte mit dem Grün der Wiesen, ein Hausdach leuchtete blutrot vor einer aufgetürmten Wolkenbank, Hochspannungsmasten wie Kreuze, grau und kalt. Nichts war zu sehen, und doch drängte sich ihm alles auf. Eine Kirchturmspitze kam langsam aus einer Senke, spießte wie ein Schwert den Himmel auf. Ein Habicht stürzte sich herab, tötete mit einem Hieb die kleine Maus dort auf dem Weg. Er stapfte durch ein überreifes Weizenfeld, wusste nicht mehr den Grund für ihren Streit. Er blieb stehen, zündete sich eine Zigarette an. Einem Kind sollte man verzeihen, ja, das wusste er! Doch fiel es ihm so schwer. Schwarze Wolken schoben sich vor die Sonne, und ein halbgeknickter Weizenhalm zitterte im Wind vor ihm. Auch er war einmal ein Kind gewesen oder nicht? Hatte sich versteckt im Weizenfeld, aus Angst vor seinem Vater. Nur, er ist nicht der Vater dieses Jungen. Er liebt die Frau, er liebt sie sehr. Warum musste sie den Jungen aufhetzen gegen ihn und alles, was er sagte. Meinte er es nicht gut mit ihm? Weil es so war, weil es so ist! Nichts als Ausreden. Was hatte er erwartet? Was hatte er erhofft? Langsam fuhr er zurück. Wieder stand er vor dem Haus. Er steckte den Schlüssel ins Schloss, trat in die leere Wohnung, schließlich hinaus auf den Balkon. Er wusste nicht, wo sie sich aufhielt, wollte auch nicht suchen. Später würde er noch einmal in den Ort fahren, sich eine neue Packung Zigaretten holen. Bis dahin würde sie zurück sein. Die Frau, und mit ihr der Junge.

Die Maschine

Er ist überzeugt, dass er die Maschine in Bewegung bringt. Doch jedes Mal wieder fällt sie in sich zusammen. Als er den entscheidenden Hebel findet, glaubt er nicht mehr daran. Unvorbereitet läuft er vor der Maschine her. Er darf nicht aufhören zu laufen. Die Maschine verfolgt ihn. Er gerät in Panik, läuft schneller, noch schneller. Als er glaubt, keine Kraft mehr zu haben, steigt er über sich selbst hinaus. Landschaftsfetzen fliegen an ihm vorbei. Er beginnt zu schreien. Mit weit aufgerissenen Augen bricht er zusammen. In letzter Sekunde bleibt die Maschine vor ihm stehen. Es dauert eine Zeit, bis er begreift. Die Maschine lässt sich nicht mehr von ihm trennen.

Alle weisen mir den Weg

Die Nächte, Gedanken, fremde Schatten und Steine stoße ich weg auf meiner persönlichen Suche. Bleibe ich stehen und blicke mich um, weisen mir alle den Weg.

Die Reise

Auf den Spuren der mächtigen Malatesta, unweit der unsichtbaren Grenze, erreichte ich, nach trostlosem Hinterland und gesichtslos wirkenden Küstenorten endlich das alles überragende Castello Rocca Gradara. Als sei ich hier zu Hause, schritt ich umher, bemächtigte mich der ausufernden, grandios von den Sforza angelegten Festung, besetzte, ohne die finsteren Verliese vergessen zu haben, sämtliche Tore und Wehrgänge, machte mich bereit für die allesentscheidende Tat, um mein neues, längst vorausgesagtes Leben beginnen zu können.

Kaugummi

Die mächtigen Regale erscheinen wie abgegrenzt vor ihr, die Leute teilnahmslos in ihrer Geschäftigkeit, die Umgebung völlig verändert. Sie irrt umher, ruft einen Namen, erst zaghaft, dann ungläubig, schließlich verzweifelt, Maria, Maria! Während das Kind in der Ecke sitzt, versteckt hinter einer Schaukel, sich nicht mehr hervorwagt, weil es etwas getan hat, etwas Verbotenes, einen Kaugummi geklaut, der plötzlich verschwunden ist in ihrem Bauch, weil es der Verkäufer gesehen hat, und gelogen, davongelaufen, die Angst so groß, dass es seine kleinen Hände vors Gesicht schlägt, sich wünscht, es sei niemals geschehen, wie manchmal nachts, wenn es aufwacht und erkennt, dass alles nicht wahr ist, dass es nicht stimmt, nein, niemals – schließlich die Mutter herbeieilt und das Kind in ihre Arme nimmt.

Der Adler

Die Schlange rief den Menschen zu, vergebt mir endlich, kreuzigt mich. Ich bin das Unheil, die Schande, das Unglück, das über euch gekommen ist seit Anbeginn, vergebt mir endlich, tötet mich! Die Menschen hörten nicht zu, sahen nur einen Adler herniederstürzen, der den Kopf einer Schlange durchbohrte, regungslos neben ihr sitzen blieb, schließlich in die Runde blickte, als wolle er jemanden um Verzeihung bitten dafür.

Der Verliebte

Und die Farbe des Himmels ging über am Horizont in das verwaschene Grau des Meeres. Die Bäume standen vereinzelt und wie erstarrt in der Landschaft. Selbst die Vögel hatten aufgehört zu singen. Niemand da, an den er sich wenden konnte.

Das Haus

Ein Mann stand auf dem Balkon, blickte hinunter auf die leblose Straße, die seltsam schwarz im Laternenschein glänzte. Ein Haus, wie es keines mehr gibt, sagte die Frau, wie oft habe ich auf ihn gewartet, an ihn gedacht, die Hoffnung nicht aufgegeben, obwohl er nicht kam. Ein Haus, wie es keines mehr gibt. Es wird Ihnen gefallen, zu groß für mich. Sollte er kommen, geben Sie mir Bescheid. Große Küche, großes Bad, ein Haus zum Träumen. Sie geben mir Bescheid, wenn er kommt? Und ruhig, ein Haus, wie es keines mehr gibt. Sollte er kommen, klopfen Sie an die Türe, drei Straßen weiter, bei meiner Schwester. Sie dürfen nicht glauben, was die Leute sagen, auch wenn ich auf einen warte, den es nicht gibt, ich stehe mit beiden Beinen auf dem Boden. Nein, ich bin kein unrechter Mensch! Der Mann überlegte, ob er es aushalten würde, allein, jahraus, jahrein, dachte an die Frau, die ihn hier stehen ließ auf dem Balkon, als sei er bereits der neue Besitzer. Ein Haus, wie es keines mehr gibt, er kannte die Schwächen, war Geschäftsmann genug, um zu wissen, was hier auf ihn zukam. Er blickte auf die leblose Straße und bemerkte eine Frau, die langsam um die Ecke bog, mit erhobenem Kopf zu ihm hinaufblickte und rief: Das habe ich mir immer gewünscht, einen Mann auf meinem Balkon, einen richtigen Mann!

In der Fremde

Das Auto war einfach stehen geblieben. Und weit und breit keine Hilfe. Da trat unerwartet ein Mann auf uns zu: Was ist es, ein Platten, die Zündkerze oder nur das Benzin? Nein, kein Einheimischer, sehen Sie dort in der Ferne, mein Haus, nach einem Jahr spätestens wollen auch Sie nicht mehr fort. Sie glauben mir nicht?

Claudio

Claudio stand auf der Straße, hatte nur schlechte Kleidung, nichts als Sandalen. Den Winter lang schrieb er Briefe an die Frau, die ihn einmal besucht hatte, vom Fernsehen. Er lachte und sagte, heute kommt sie, von ihr geht nichts Böses aus! Die Leute, die schweigende Mehrheit, wussten wieder nichts. Nur er glaubte daran.

Der Nachmittag

Die Frau sagte: Nein. Er verstand es als gro-
be Abweisung. Sie streifte seinen Mund. Der
Mann wandte sich ab. Sie sagte: Dein Blick
sagt alles! Er suchte ihre Augen, fand sie nicht
mehr. So verging der Nachmittag.

Bedrohung

BEDROHTE VÖLKER, BEDROHTE STÄDTE UND FAMILIEN! Wer ist bedroht, und wer droht, wie und warum, und wer sind diese Völker, welche Familien, welche Städte – steht nicht auf dem Papier. Durch illegale Machenschaften, Korruption, Größenwahn, werden sie bedroht von mir, durch mein Leben, unser Leben, durch unsere Gegend, unser Viertel, sind unsere Brauchtümer bedroht, unsere Musik, gibt es sie noch, liegt das nicht schon nach der Bedrohung, warum soll ich spenden, ich, und wer sind diese Völker, bedrohe ich sie durch meine Arbeit, meine Anwesenheit, durch meine Steuererklärung, bedrohe ich Völker und Städte, bedrohe ich Familien – ich nicht, sagte sich der rechtschaffene Mann, soeben heimgekehrt von der Arbeit, zerknüllte das Blatt und warf es in den Papierkorb. Es schien, als läge ihm alle Welt zu Füßen.

Der Held

Der Mann hatte einiges zu erzählen. Ich wusste, dass er einsam war. Er erzählte aus seiner Vergangenheit, die groß war und einmalig. Jede weitere Erklärung hätte sich erübrigt, wäre er nicht der Held meiner Jugend gewesen. Er weigerte sich, auf mich einzugehen, redete unentwegt von seiner Zeit, die ich kannte, sträubte sich, zeigte mit keinem Wort, wie es um ihn stand, und seine Hände spielten mir Romane vor. Er wollte der sein, der er einmal war, und konnte es nicht mehr, nur noch reden und reden, ohne Pause, bis in den Schlaf hinein reden. Enttäuscht ging ich nach Hause, hatte meinen Blick für die Umgebung bereits verloren, dachte nur noch, weg mit den Helden! Als ich am nächsten Morgen erwachte, war nichts mehr zu sehen von ihm.

In der Fremde

Der Mond stand am Himmel. Und ein unbe-
stimmbares Gefühl von Sehnsucht und Trauer
machte sich in ihm breit. Die Straßen waren
voller Menschen, die lachten und scherzten. Er
fühlte sich in dieser Stadt wie in einem Dorf,
wo jeder jeden kannte. Die Turmuhr schlug und
erinnerte ihn an seinen Geburtsort, ein Dorf
weit in der Ferne, und so viel Einsamkeit rings-
umher. Als er das Fenster öffnete, zeigte sich
der Mond darin in voller Größe, spiegelver-
kehrt, und er erschrak. Die Nächte wollten nicht
gehen, als er allein war.

Rollen

Rollen – das kann er nicht mehr hören. Was eine Rolle gespielt hat. Wer eine Rolle gespielt hat. Heißer Sommertag. Vaters Wagen, Reisetasche auf dem Rücksitz. Das Telegramm liegt in der Tasche: Vater hat es als erster gelesen, Mutter musste weinen, das hat sie immer getan, wenn er fortging. Ein Kratzen im Motor, keine Bange, damit ist er schon bis nach Italien gefahren, und jetzt die paar hundert Kilometer!

Auf der Autobahn wenig Verkehr, keiner überholt. Das begreift er nicht, fährt langsamer, dass einer kommen kann, ein dicker Wagen, aber hinten nur Lkw. Einer wagt es, auf gleicher Höhe Vollgas, was denkt sich der Kerl, ein dicker Wagen wäre akzeptiert, aber so einer! Die Landschaft auch nicht interessant, die kennt er. Doch plötzlich steigt die Straße an, oder meint er es nur, weil der Wagen langsamer wird, spürbar langsamer. Der Lkw überholt, das Kratzen wird lauter, dann schwarze Rauchschwaden.

Der Mann von der Tankstelle sagt nur: Hat keinen Sinn, wenn du die Karre stehen lässt, reparieren willst, bitte, aber ich rühr nichts an. Was – ich muss weiter! Hat keinen Sinn, lass die Karre stehen, ich geb dir nen Hunderter, und die Papiere schickst du mir zu.

Im Gasthaus fragen sie, wie lange. Er weiß nicht, stellt die Tasche ab, geht zum Bahnhof. Aber der letzte Zug ist schon gefahren. Eine Nacht, sagt er dann, und die Wirtin zeigt ihm sein Zimmer. Schließlich muss er telefonieren: Entschuldigung, ich kann erst morgen kommen – morgen Vormittag!

Wann fährt eigentlich der Zug?

Er geht noch einmal zum Bahnhof, und sie sagen ihm, dass er erst gegen Mittag ankommen wird. Das Auto an der Tankstelle! Schlüssel hat er noch. Weiß Gott, so viel kann nicht fehlen! Tatsächlich, der Wagen springt an, läuft, aber es reicht nicht mal bis zum Gasthof. Sie dürfen froh sein, dass ich abschleppe, sagt der Mann, mit dem Hunderter wird nichts mehr, nein, Sie dürfen wirklich froh sein!

Dann kann er nicht einschlafen, geht in die Gaststube, setzt sich an einen leeren Tisch, bestellt Wein. Die Gäste mustern ihn. Wieder auf dem Zimmer, erinnert er sich an sein Telefongespräch, und kein Buch dabei, keine Ablenkung.

Schließlich wacht er zwei Stunden zu früh auf, zählt die Streifen in der Tapete, denkt sich Gespräche aus. Endlich der Zug: Arbeiter, mürrische Gesichter hinter Morgenzeitungen. Draußen die Berge, wartende Autos vor Bahnschranken. Vater spricht jetzt sicher mit Mutter. Das kennt er zur Genüge. Er wird es ihnen schon zeigen! An der Grenze keine Schwierigkeiten. Er blickt aus dem Fenster: Fahrzeugtypen gleich, Straßen gleich, Häuser gleich. Nur eine andersartig klingende Polizeisirene macht ihm klar, dass er sich im Ausland befindet.

Gegen Mittag endlich die Stadt. Er geht in eine Telefonzelle: Hallo, ich habe mich verspätet. JA. Ich bin hier. HALLO, WER IST DA? Hören Sie, sagt er, ich bin angekommen! Wieder nur HALLO! Er drückt die Gabel, versucht es noch einmal: Guten Tag, ich hatte Sie gestern angerufen. HALLO, IST DA JEMAND?! Entschuldigen Sie. HALLO! HALLO! Mein Gott, sie wollen mich kaltstellen, denkt er plötzlich und legt auf, geht zurück und hockt sich in ein leeres Abteil.

So ein schöner Tag, sagt der Mann, der plötzlich vor ihm steht und das Schiebefenster öffnet: Ein Tag wie im Bilderbuch! Auch eine Frau tritt ins Abteil. Der Mann fragt gleich: Darf ich Ihnen helfen? Nein danke, sagt sie, es geht ganz gut allein! Der Mann fragt weiter: Sind Sie auch fremd hier? Ja und nein, entgegnet sie. Das habe ich mir gedacht! Wieso? Sie könnten Italienerin sein. Schon wieder einer! Doch, Sie haben südländischen Einschlag, ich weiß das, ich war viel in Italien! Und wo, wenn man fragen darf? Überall! Ach ja, sagt sie und setzt sich, holt etwas umständlich ein Buch aus ihrer Tasche. Der Mann zupft sich am Ohr, blickt auf den Umschlag: Sie haben Geschmack, wirklich, ein Klassiker, die Neuen haben doch nichts mehr zu sagen, die wollen nur aufwecken und verändern, dabei kennen sie das Leben nicht! An der Grenze verstummt er, fährt aber gleich fort: Gutes Gefühl, wieder im eigenen Land zu sein, nach so langer Zeit! Die Frau blickt vom Buch auf. Er räuspert sich: Kennen Sie Hofmannsthal, Hugo von Hofmannsthal, das ist ein Dichter, den sollten Sie lesen, kennen Sie ihn? Natürlich! Sind Sie vielleicht Österreicherin? Warum nicht! Herrgott, Österreich, ruft er, dort ist mir vor Jahren eine Geschichte passiert, wirklich, eine seltsame

Geschichte: Ich fahre mit dem Zug, bin endlich am Ziel, gehe in eine Telefonzelle, will doch meiner Tante Bescheid geben, dass ich gut angekommen bin, aber sie nennt nur ihren Namen, tut so, als verstehe sie mich nicht, ein Witz, denke ich, typisch Tante Olga, na ja, ich lache und gehe zu Fuß, und sie ruft ganz überrascht, mein Junge, wo kommst du her, und ich lache und sage, du bist schon ein Spaßvogel, Spaßvogel, sagt sie, ja, sage ich, zuerst rufe ich an und dann diese Begrüßung, du warst das, sagt sie, natürlich, sage ich, und sie sagt, hättest schon antworten können, hab ich doch, sage ich, hab ich doch, ach so, sagt sie, du hast die Sprechtaste vergessen, was, frage ich – du hast die Sprechtaste vergessen! Die Frau klappt das Buch zu.

Das Bild

Ich habe ein Bild zu malen. Zwei Farben stehen mir zur Verfügung. Unvorbereitet gehe ich an die Tafel. Ich nehme ein Rot aus der Tasche und ein Gelb. Rot als horizontale Linie. Gelb als luftiges Dreieck. Ich setze mich wieder. Die Bewertung, so heißt es, erfolgt in einem Jahr.

Das Leben ist woanders

Wer sagt mir, dass sie nicht mein Feind ist?
Was weiß ich von ihr? Führerschein seit sieben
Jahren. Studentenallüren. Im Autoradio Musik.
Schlagersänger, den kennt sie anscheinend, da
sie mitsingt in den hohen Lagen. Es regnet seit
einer Stunde. Hast du dir überlegt, was du machen wirst? Ein Zimmer mieten, sage ich.
Plötzlich ein Porsche, der vor ihr die Lücke aus-
nutzt. Haben die ein Haus da unten? Nein, eine
Wohnung, sagt sie. Und dort bleibst du? Natürlich, alte Freunde! Schon wieder der Porsche.
Bist du zufrieden mit dir? Grundsätzlich schon,
entgegnet sie, und du? Bin ich zufrieden, sage
ich, ist alles nur langweilig. Du kannst den Au-
genblick nicht genießen! Doch, entgegne ich.
Und du weißt nie, was du sagst! Ach, meint sie
dann, ich muss ja noch in die Stadt rein wegen
dem Sparbuch! Bedeutet sie mir etwas? Einzel-
kind. Ihr Blick durch die Sonnenbrille. Ihr
streng geschnittener Mund. Was denkt sie,
wenn sie mich ansieht, so kurz von der Seite
her. Plötzlich die Sonne, und sie fragt, fahren
wir durch ohne Pause? Das Versteck hinter der
Sonnenbrille – ich erinnere mich, einmal sitzt
sie mir gegenüber und spricht von Prüfung,

könne sich kein weiteres Problem, das heißt
Freundschaft, leisten. Wieder das Spiel mit der
Sonnenbrille. Dann eine Kreuzung, ein Wagen,
ich werde nervös, sie flucht.

Zwischenstation, Kaffee. Sie will nicht, dass
ich Anweisungen gebe. Ich war schon einmal
bei Null, das musst du dir überlegen, da ändert
sich manches, ich bin nicht der Trottel, verstehst du, als Frau ist es doppelt so viel! Ich lache und sage, du weißt ja auch nicht, wohin du
gehörst, du hast Freunde, da bleibt man nicht
ewig, was willst du mit deinem Leben, glaubst
du, du könntest das lenken, weil du einmal bei
Null warst?!

Endstation. Sie wird zum Essen erwartet. Ich
steige aus am Bahnhof. Die Information hat
noch geschlossen. Dann wartest du eben im
Cafe! Natürlich, sage ich und setze mich auf die
Treppe. Jetzt ist sie weg. Ich will mich beruhi-
gen und hole ein Buch aus der Tasche. Der Seesack ist im Schließfach. Das erste Hotel gibt
mir ein Zimmer. Die Chefin sagt: In Ordnung,
aber nur für zwei Tage! Ich laufe zurück zum
Bahnhof, hole den Seesack. Das Zimmer ist
klein, aber genug. Und wann gibt es Frühstück? Punkt neun Uhr! Ich lege mich angezo-

gen aufs Bett, versuche zu schlafen. Gegen Mitternacht werde ich wach, werfe mich hin und her. Flaschen zerbrechen, Radiomusik, bis ich weiß, wo ich bin. Ich trinke aus der Wasserleitung, lege mich auf den Rücken. Stimmen im Flur, endloses Türenschlagen. Ich versuche an nichts zu denken.

Punkt neun pocht es an der Tür: Frühstück! Unten sind zwei Tische gedeckt. Kaffee, Tee, Brötchen, in Plastik verpackte Butter, Marmelade und Streichkäse. Ich lasse mir Zeit. Es regnet. Als ich fertig bin, sehe ich noch immer den leeren Tisch. Und, frage ich, wo sind die Gäste? Ach, sagt die Chefin, die schlafen noch. Und sie sagt es so unbekümmert, dass ich zum Bahnhof laufe und das teure Hotel suche. Jawohl, hier sei noch ein Zimmer frei!

Ich gehe durch die Straßen, will niemanden in die Augen sehen. Am großen Platz setze ich mich auf eine Bank. Ich gehe weiter, bleibe stehen vor einem Museum. Bilder sind dort ausgestellt, Uhren, Puppen und Gewehre. Im Hotel sagt die Chefin, das mit dem Zimmer geht in Ordnung, wenn Sie wollen, fünf, sechs Tage. Ich gehe wieder zum Bahnhof. Dann die Straße runter zum See. Das Wasser gluckst an der Mauer und gurgelt. Ich stoße mich ab, schwimme weit hinaus. Auf halber Strecke kommst du mir entgegen, gibst mir ein Zeichen und tauchst in die Tiefe. Ich folge dir. Weit unten höre ich leise Stimmen. Ich werde müde. Es ist kalt und warm zugleich.

Das Tal

Ein Mann schritt einen Hügel entlang, vorbei an einer Kuhherde, einem Senn, einer Kapelle. Neben ihm marschierte ein Junge, der seine Fußballschuhe frisch aufpoliert hatte. Sie gingen ohne Eile und der Mann schnupfte. Als sie sich umblickten, war die Kapelle verschwunden. Vor ihnen lag ein weites fruchtbares Tal. Unzählige Mücken schwirrten umher, auch schien den beiden das flirrende Licht unsägliche Mühen zu bereiten. Da ist es, rief der Junge, schau, der Ort liegt nur noch siebenhundert Meter entfernt! Der Mann hielt die Hand an die Stirn, kniff die Augen zusammen: Von wegen, wir haben noch einen ganzen Tag vor uns! Der Junge blickte griesgrämig zu ihm hinüber: Sagte ich nicht, du sollst die passenden Schuhe anziehen, schau, ich habe keine Probleme! Der Mann nahm seinen Rucksack von der Schulter und öffnete ihn, holte ein Butterbrot hervor. Arschloch, dachte der Junge, ich warte nicht auf dich! Er nutzte die Gelegenheit und marschierte eilig das Tal hinab. Der Idiot weiß nicht, dass das Tal eine Schlucht ist, dachte der Mann und biss in sein Butterbrot.

Der Regen kam unerwartet. Der Mann öffnete seine Plane, schlüpfte langsam aus dem Zelt. Vor ihm standen Vater und Mutter mit erhobenem Zeigefinger: Gib zu, dass du gestohlen hast, gib es doch zu! Der Mann drückte seinem Vater die Schnupftabakdose in die Hand und marschierte ins Tal hinab. Ein mächtiger Regenbogen spannte sich von Hügel zu Hügel, und ein grauer Vogel durchquerte die Lüfte. Beängstigend nahe flatterte er an ihm vorbei, streifte mit einem Flügelschlag sein Gesicht. Am Wegrand saß eine Frau mit schwarzen Haaren, ihre Beine übereinandergeschlagen. Haben Sie Zigaretten, fragte sie und hielt ihm eine Zigarettenspitze hin. Er griff ins Hemd, fand aber nur Pfefferminzdrops. Das Tal war sehr tief, rückwärts stieg er die Leiter hinab. Als er sich umblickte, saß neben ihr ein blinder Bettler, der freudig seinen Hut in die falsche Richtung schwenkte. Beschämt musste er feststellen, dass der Junge ihr bereits in die Falle gegangen war. Eilig, sich immer wieder umblickend, schritt er allein das Tal hinab.

Die Hilfe

Eine junge Frau kam im milden Abendlicht querfeldein auf einen Mann zu und überreichte ihm, als Dank für eine geleistete Hilfe, einen Geldschein, ging dann mit einer kurzen Geste des Abschieds wieder von ihm weg. Er blickte ihr lange hinterher, schloss die Augen und roch an dem zerknüllten Schein, den sie den ganzen Weg über in ihrer Hand gehalten hatte.

Brief ohne Antwort

Lieber Bruno, vielen Dank für Deine Zeilen.
Ich glaubte schon, Du hättest mich vergessen.
Schade, dass Du nicht mehr hier sein kannst.
Ich muss immer an Dich denken, obwohl ich
doch sehr nüchtern bin. Hast Du die Bilder
schon fortgebracht? Von mir, die sind bestimmt
nichts geworden. Der Kleine schläft im Moment. Gestern waren wir mit dem Autobus unterwegs, aber ohne Dich ist nichts mehr schön.
Ich hoffe, Du freust Dich über meine Zeilen.
Ich muss immerzu an Dich denken. Bin ich al-
bern?

Bruno, als Du letztes mal geschrieben hast,
Du würdest kommen, habe ich mich unwahr-
scheinlich gefreut. Leider wurde nichts daraus. Deswegen habe ich auch nicht mehr geschrieben. Doch wie Du siehst, denke ich schon
wieder an Dich. Der Kleine räumt gerade meine
Tasche aus und wirft das ganze Geld in seine
Spardose. Gestern war ich mit ihm spazieren,
dann sind wir mit dem Fahrrad gefahren. Sonst
komme ich ja selten raus. Ich bin nicht mehr
fortgewesen, seit ich mit Dir in der Stadt war.
Meine Mutter will auch nicht mehr auf den

Kleinen aufpassen, sobald ich zuhause bin. Wenn ich dann auch noch sonntags weggehen würde, wäre vielleicht was los. Du solltest mal den Kleinen sehen! Leider kann ich ihn nicht mehr fotografieren, weil mir in der Stadt der Fotoapparat gestohlen wurde. Hast Du die Bilder schon entwickeln lassen? Gib mir bald Bescheid. Ich höre jetzt auf zu schreiben, weil der Kleine ins Bett muss. Ich hoffe, Du lässt nicht lange auf Dich warten!

Lieber Bruno, was machst Du, warum schreibst Du nicht! Wenn ich zuhause bin, kann ich keinen Schritt alleine tun, überall kommt mir der Kleine nach. Er weint jeden Morgen, wenn ich zur Arbeit fahre. Was ist? Findest Du lächerlich, was ich alles geschrieben habe?

Bruno, ich habe so sehr auf einen Brief von Dir gehofft. Wie mir scheint, hast Du aber keine große Lust dazu. Letztes Wochenende war ich mit dem Kleinen bei einer Freundin in der Stadt. Silvester soll ich auch wieder kommen. Und gestern war der Nikolaus bei uns. Da hättest Du mal den Kleinen sehen sollen! Der Nikolaus hat ihn gefragt, ob es wahr sei, dass er immer kratzen und beißen würde. Er hat ja gesagt. Als der Nikolaus meinte, er solle das nicht mehr machen, hat er auch ja gesagt. Dann hat er fleißig gesungen, sogar als der Nikolaus schon fort war. Ich habe ihn auch fotografiert. Hoffentlich sind die Bilder was geworden. Den neuen Fotoapparat verstehe ich einfach nicht so gut. Der Kleine liegt im Bett und will nicht schlafen, lieber will er zu mir. Er weiß schon genau, was er will und was nicht. Bitte, schreib mir bald!

Lieber Bruno, ich muss jetzt jeden Samstag bis zwanzig Uhr arbeiten, aber nur bis Weihnachten. Vor vierzehn Tagen hat sich eine Freundin von mir verlobt. Sie hat vom Chef einen Gutschein bekommen, dafür geht sie sich Porzellan kaufen. Meine Freundin hat mir auch den Vorschlag gemacht, ich soll mit ihr und ihrem Verlobten nächstes Jahr in Urlaub fahren. Ich wollte zuerst wieder in die Stadt mit dem Kleinen, aber sie haben mir Bilder gezeigt, wo sie dieses Jahr waren. Das wäre auch schön für den Kleinen. Mit dem Zelt wollen sie wieder fahren, und für mich und den Kleinen hätten sie ein extra Zelt. Was meinst Du dazu?

Lieber Bruno, am Samstag war ich mit dem Kleinen einkaufen, er musste einen neuen Mantel haben und eine Hose. Jetzt braucht er noch ein Paar Schuhe. Und Weihnachten bekommt er ein Schaukelpferd. Ich habe es schon gekauft. Am Samstag habe ich ihn auch fotografieren lassen. In Postkartengröße. Wenn die Bilder was geworden sind, schicke ich sie Dir. Bitte, schreib mir bald!

Bruno, ich liege mit einer schweren Angina im Bett. Ich muss wahrscheinlich ins Krankenhaus deswegen. Ich bringe kaum ein Wort raus. Ich werde wahrscheinlich von zu Hause ausziehen. Am Montag muss ich zum Jugendamt. Die werden mir behilflich sein, den Kleinen tagsüber unterzubringen. Entweder im Kindergarten oder bei einer Familie. Ich werde mir dann ein Zimmer suchen müssen. Meine Mutter will nicht mehr auf den Kleinen aufpassen. Den Kleinen nur tagsüber unterzubringen, kostet mir eine Menge Geld. Ich glaube, ich habe Dir schon zu viel erzählt!

Lieber Bruno, ich bin heute aus dem Krankenhaus entlassen worden. Leider bin ich noch nicht gesund. Normalerweise hätte ich morgen wieder arbeiten müssen, aber ich habe noch immer eine eitrige Entzündung im Hals. Ich habe schon fünf Kilo abgenommen, und der Arzt

sagt, das dürfe nach einer Operation normalerweise nicht sein. Ich glaube aber, das interessiert Dich gar nicht. Ich bin froh, wenn ich wieder arbeiten kann. Ich habe dem Kleinen neue
Sachen gekauft. Ein weißes Hemd, einen blau-
en Pullover und eine schwarze Hose. Darin
solltest Du ihn mal sehen! Eine Freundin von
mir hat auch einen Sohn. Sie lebt in Scheidung,
und im Mai wäre sie fünf Jahre verheiratet. Sie
denkt aber nicht mehr an ihn. Ich glaube, ihr
macht das gar nichts aus, sie hat schon wieder
einen neuen Freund. Sie tut gerade so, als wäre sie nicht verheiratet und auch nie gewesen. Ich habe dem Kleinen hinten die Locken
abgeschnitten, ich hoffe, jetzt wachsen seine
Haare schneller. Er ist ganz lieb. Wenn er mich
braucht, und ich höre nicht sofort, ruft er: Bitte, komm schnell! Oder wenn ich ihn bedauern
soll, kommt er ganz traurig an und sagt: Liebe
Mami! Er kann schon sehr schön sprechen. Im
Februar wird er doch zwei Jahre alt, und ich
freue mich schon heute darauf. Ich werde mir
dann nachmittags frei nehmen und mit ihm einen richtigen Kindergeburtstag feiern. Meine
Freundin will mit mir in Urlaub fahren, aber auf
sie kann man sich nicht verlassen, ich fahre lieber mit dem Kleinen allein, nur weiß ich noch
nicht wohin. Ich habe schon ein ganzes Album

voll Bilder von ihm. Ich würde so gerne mal wieder fortgehen, aber allein habe ich doch keine Lust.

Lieber Bruno, Rosenmontag bin ich weg gewesen, aber es war nicht besonders schön. Heute habe ich wieder Bilder geholt. Sie sind wirklich gut geworden. Allmählich verstehe ich den neuen Apparat. Letzte Woche habe ich auch Filme fortgebracht, alles Bilder von mir und dem Kleinen. Ich hoffe, die werden auch so gut. Und jetzt ist er krank. Und wie geht es Dir? Willst Du mir nicht schreiben? Ich muss immer an Dich denken!

Bruno, meine Freundin hat gesagt, ich bin verrückt, die weiß das alles nicht, und was ich mir dabei eigentlich denke, ich soll jetzt gleich zur Polizei gehen, ich weiß nicht, was ich tun soll, drei Monate lang kein Brief, ob ich mir überhaupt nichts dabei gedacht hätte, die werden Dich schon finden, die Briefe müssen doch irgendwo sein, sonst hätte ich doch nicht immer geschrieben, Bruno, ich weiß nicht mehr weiter, und der Kleine ist krank, Bruno, ich kann nicht mehr!

Die Stadt

Tagsüber sind die Straßen vereist, vermummte Gestalten ziehen ihre Spuren in den Schnee. Wer ohne Geld in die Stadt kommt, ist verloren. Am nächsten Tag scheint die Sonne. Kein Mensch hat damit gerechnet. Ich schalte den Fernseher ein und erkenne die Welt. Der Pfarrer hat nichts mehr zu sagen. Ich mag, wenn es regnet. Bei Sonnenschein werden die Leute übermütig und hüpfen durch die Straßen. Die Zeitungen lügen. Es gibt keine Individualisten mehr. Abends ist die Straße wie leergefegt. Nur auf der Promenade herrscht Hochbetrieb. Gerade dort gibt es am wenigsten zu sehen.

Die Spanische Treppe

Ein Mann, noch sehr jung, trennt sich von seiner Frau, reißt alle Brücken hinter sich ab. Schließlich Vater und Mutter. Kein Wort. Das kann jedem passieren. Bleib hier, sagen sie. Platz ist genug. Sie hätten es sich ja gewünscht, ein Leben mit ihm und der Schwiegertochter, nur er nicht. Obwohl er jetzt sagt, hier bin ich zu Hause!

Nach schier endloser Suche das Vorstellungsgespräch im Lohnbüro einer Chemie Fabrik. Das Gebäude, in dem sich das Büro befindet, wirkt zerfallen, knarrende Türen, schiefer Fußboden. Aber die Frau ist freundlich und er dankbar die Stelle zu bekommen. Er wundert sich: kein Vorarbeiter, der antreibt, kein ausartender Streit unter Arbeitskollegen. Frauen am Fließband, das oft stehen bleibt. Sie hocken dann und warten. In der Kantine bemerkt er ein Mädchen, das ihn freundlich mustert. Einmal setzt er sich zu ihr, und sie erzählt ihm ihre Geschichte: Täglich fahre ich über hundert Kilometer mit dem Wagen, dann acht Stunden Arbeit, zuhause das Kind – und mein Mann lacht mich aus! In der Fabrik lernt er auch den Ver-

brecher kennen: unscheinbare Person, Frei-
gänger, man merkt ihm nichts an. Wenn die
Kleidung nicht wäre. Leichtes Delikt, drei Monate, also doch kein Verbrecher? Für die Eltern
bleibt er der kleine Junge. Und eine Woche
morgens, eine Woche nachmittags mit dem
Bus. Schon an der Haltestelle Gespräche über
den täglichen Ablauf.

Er spricht nicht darüber: hat er genügend Geld,
will er wieder in die Stadt. Schaut er hier aus
dem Fenster, sieht er auch nur Häuser, Sied-
lungen, breit angelegte Straßen. Er weiß, dass
es einmal anders gewesen ist. Im Herbst die mit
Raureif bedeckten Bäume zum Beispiel, aber
das ist lange her. Nur die Leute haben sich nicht
verändert, fährt heute ein dicker Wagen durch
den Ort, bleiben sie stehen und schauen.

Nachts niemand mehr auf den Straßen: beinahe
gespenstisch, die eigenen Schritte, die vom Hof
herüberdröhnen, die Kirche, die Wirtschaft, die
alte Schule steht nicht mehr, aufgewühlte Erde neben der Kreuzung, Bagger, Rohre, Last-
wagen, abgestellt für die Nacht, das Blinken der
Baulaterne, das Rathaus, das Pfarrheim, das
Schlagen der Kirchturmuhr wie früher, die Bäckerei, der Fußballplatz, das Telefonhäuschen.

Einmal geht er mit dem Mädchen in einen Film. GOLDHELM, Jacques Becker. Simone Signoret, wie alt die jetzt wohl sein mag? Auf dem Rückweg stellen sie sich unter eine Brücke. Sie umarmt ihn und sagt, dass sie hier ewig so stehen bleiben möge.

Am nächsten Tag eine Unvorsichtigkeit. Betriebsunfall, sagt die Frau vom Lohnbüro und telefoniert mit dem zuständigen Herrn, während er sein tiefrotes Auge mit Wasser ausspült. Parfümhaltige Lösung. Ätzende Wirkung? Der Arzt sagt nur: Ihr Glück müsste man haben!

Dann wieder Spaziergänge. Die Bäckerei, die Straßenkreuzung, die Baustelle jetzt neben der Kirche, das Telefonhäuschen, die Post, die alte Wirtschaft, Papierfetzen, Zeitungen von gestern.

Eines Tages ein Anruf, niemand meldet sich. Er glaubt zu wissen, wer das gewesen ist. Eine Woche später noch einmal, schließlich jeden Tag. Er geht ins Lohnbüro, bittet um Urlaub. Er ist sich ganz sicher!

In der Bahnhofshalle herrscht drückende Schwüle. Die Reisenden drängen auf die Bahnsteige, versperren den Weg. Jeder will der erste sein. In Panik geratene Kinder irren umher, machen ein Weitergehen unmöglich. Plötzlich kündet eine Lautsprecherstimme die Verspätung eines Zuges an. Die Leute drängeln zurück, verlieren das Gleichgewicht, stürzen schreiend über ihre Koffer. Wieder ist der Weg versperrt.

Im Abteil zwei junge Mädchen aus Japan. Ein Mann mit Sommersprossen, der Pfeife raucht und behauptet, direkt aus Schottland zu kommen. Am Fensterplatz ein Italiener.

Kaum hat der Zug die Bahnhofshalle verlassen, stellt sich das Durcheinander der Schienenstränge zur Schau, Wohnsiedlungen, Schrebergärten, ein Traktor, der hinter einer Bergkuppe verschwindet, die Farben der Felder, aufgewühlte Erde in Waldlichtungen, der erste Tunnel, die Felswände klatschnass von wild herabstürzenden Bächen.

Die Anrufe können nur von ihr gewesen sein. Er erinnert sich, sein erster Urlaub war kurz, damals dieselbe Strecke, aber Probleme an der

Grenze mit dem Passfoto, erst ein Telefongespräch, dann durfte er weiter. Ihren langen Brief hat er wiedergefunden auf dem Dachboden, ein altes Foto, Gedichte.

Willst Du mich nicht duzen? Ich bin nicht viel älter als Du. Die restliche Reise ist sehr lustig verlaufen, wir haben uns sehr amüsiert. Ich weiß, eigentlich sollte man die Sehenswürdigkeiten eines Landes suchen und sich dafür interessieren, aber bei jungen Leuten, besonders bei Schülern, geht das nicht gerade so. Jeden Abend sind wir tanzen gegangen. Die Jungs haben viel BIER GESOFFEN und sind recht lustig gewesen. Jetzt aber müssen wir wieder arbeiten. Die Lehrer verlangen zu viel von uns ARMEN, UNSCHULDIGEN GESCHÖPFEN, und wir können uns gegen ihre GRAUSAMKEIT nicht recht verteidigen. In den Geschäften steht oft geschrieben: DIE KUNDEN HABEN IMMER RECHT! (Goldene Regel eines guten Verkäufers.) So sollte in der Schule geschrieben sein: DIE LEHRER HABEN IMMER RECHT! Dazu würde vielleicht ein frecher Schüler schreiben: AUCH WENN SIE DUMMKÖPFE SIND? Ich weiß nicht, ob diese frechen Gedanken Deine Empfindlichkeit oder Deine sensible Liebe für Studienräte beleidigen. Wenn

Du ein ganz fleißiger Klassenprimus bist, nimm bitte meine Entschuldigung an. Ich bin leider (das gestehe ich immer am Ende) Tochter eines Professors und einer Professorin und habe das Recht, sie zu vermaledeien!

Der Schotte lacht immerzu, jedenfalls sieht es so aus sein Gesicht, wenn er an der Pfeife saugt. Der Italiener hustet, verteilt Bonbons. Rechts schiebt sich ein weißes Band vor die Felsen, verliert sich wieder am Horizont. Die Mädchen stehen auf, schauen: die Stützsäulen wie Spielzeug, die Autos wie Kinderspielzeug.

Heute bin ich ganz aufgeregt. Es schneit in Rom. Das geschieht alle fünf Jahre einmal. Es sieht wie ein richtiger Schneesturm aus. Die Kinder gehen natürlich nicht zur Schule, denn die Autos und Straßenbahnen können nicht fahren. Wir armen Studenten haben keine Entschuldigung, aber wir gehen sowieso nicht zur Universität, denn es ist so schön warm zu Hause oder so lustig auf der Straße mit den Schneebällen. Was Deine Bitte betrifft, musst Du mir verzeihen, ich schäme mich, es sagen zu müssen, aber ich habe kein Foto von mir und vergesse immer wieder, mich fotografieren zu lassen. Bitte, warte noch ein wenig. Ich schreibe Dir gerne. Es ist wunderschön, wenn ich daran denke, wie wir Freundschaft geschlossen haben. Man lacht und fühlt sofort, dass der andere auch Lust hat, einem zuzulächeln. Warum sollte man nicht sofort miteinander sprechen? Bitte, entschuldige meine Schrift, ich liege auf dem Bett, und das ist keine gute Schreibunterlage. Ehrlich gesagt, habe ich überhaupt keine Lust aufzustehen, denn es ist so gemütlich auf meiner Decke, und so eine behagliche Wärme umgibt mich, während draußen der Schnee fällt und die Vögel frieren. Aber diese Ruhe kann nicht lange dauern, die Bücher warten schon auf mich. Soll ich sie liegen lassen?

Natürlich hat er gewusst, dass die Treppe nicht spanischen sondern französischen und italienischen Ursprungs ist, längst bevor sie ihn über all die Touristenplätze führen wollte.

Ich weiß nicht, ob mir das Lernen wirklich so gefällt, wie ich immer behauptet habe. Sicher ist aber, dass mir das Lernen mehr Spaß macht als irgendeine andere Beschäftigung. Ich möchte gerne einmal etwas anderes tun, aber ich weiß nicht was. Nach einem langen Spaziergang zum Beispiel komme ich, ich weiß nicht wie, in eine Bibliothek und fühle, dass mein Platz hier ist. Ein kleiner Vogel sitzt jetzt vor meinem Fenster. Ich möchte ihn gerne ins Zimmer holen. Aber es ist nicht leicht, sein Vertrauen zu gewinnen. WIE ZEIGT MAN NUR, DASS MAN ES EHRLICH MEINT? Sicher denkst Du, dieses alberne Mädchen verschwendet jetzt ihre Worte und schreibt Unsinn. Du hast recht, ich bin ganz aufgeregt, weil es in Rom schneit! Jetzt hat es aufgehört, aber die weiße Decke liegt schon auf der Straße und den Dächern. Du weißt bestimmt, dass wir auf den Häusern keine richtigen Dächer haben, sondern riesige Terrassen, wo meist die Wäsche zum Trocknen hängt. Nun sind diese Terrassen ganz mit Schnee bedeckt. (Etwas Ähnliches kannst Du Dir vorstellen, wenn Du an die Häuser in Marokko oder Israel denkst.) Viele Kinder spielen jetzt auf diesen DÄCHERN und machen einen lustigen Lärm. Sicher hast Du aus den Zeitungen erfahren, dass es in Rom so ungewöhnlich kalt ist. Es sind keine Lügen. Man friert hier, weil man dazu gar nicht vorbereitet ist. Und eben ist eine Kollegin von mir gekommen. Wir wollen ins Freie gehen. Zwei Pullover, eine Skihose und ein warmer Mantel werden wohl genügen, oder?

Stromausfall in einem Tunnel. Der Schotte hilft mit Streichhölzern, die Mädchen beginnen zu kichern. Don´t worry, sagt er. Dann wieder die Spielzeugbrücke.

Schließlich nur noch das gleichförmige Eisenbahngeräusch, süßer Pfeifengeruch. Er wird müde, schläft ein – wacht erst wieder auf, als der Zug bereits am Zielbahnhof steht.

Signore, avanti! Andiamo – ruft der Italiener. Und er wischt sich den Schlaf aus den Augen, blickt auf das Stationsschild, geht schließlich allein über den Bahnsteig.

Ein Taxi bringt ihn in die Via Giulia. Er wartet, geht hin und her: Tibere, Via Giulia, bis Sonnenuntergang. Schließlich muss er telefonieren, aber erst beim fünften Hotel hat es geklappt, und das ist weit draußen.

Jeden Tag dann das Warten auf den Bus, während die Motorroller vorbeiflitzen, junge Römer mit Freundin. Er will nicht mehr hinfahren, Via Giulia, die Hausnummer kennt er auswendig, das Schild am Eingang, darunter der Knopf für die Glocke, man kann sie hören, wenn man drückt, und niemand meldet sich.

Eine Stadtrundfahrt hilft auch nicht weiter, es riecht nur nach abgestandenem Schweiß. Die Reiseführerin regt ihn auf, die mit ihrem Akzent! Die Katzen, die an jeder Ecke stehenden geschäftstüchtigen Straßenverkäufer, das Trompetengehupe des Busses, wenn er Serpentinen fährt, die lähmende Hitze.

Er weiß, sie ist hier, wie sonst ließe sich das offene Fenster erklären, das nachts wieder geschlossen ist. Hat er sie nicht einmal selbst gesehen oben am Fenster, als er wieder stundenlang gewartet hat?

Schließlich mietet er sich ein Taxi, jagt mit dem Chauffeur durch die Stadt: Engelsbrücke, Torre Pignattare, nein, Portugiesische Treppe, was sagt er, Villa Medici, zurück jetzt, Trastevere, nein, Via Giulia, und gibt endgültig auf, betrinkt sich in einer kleinen Bar.

Am nächsten Tag wieder das Stationsschild, der Bahnsteig, weit draußen die Berghänge, ausgetrocknet von der Sonnenglut. Er ordnet sein Gepäck, irgendetwas fehlt. Er sucht, weiß aber nicht was. Plötzlich muss er lachen: Er hat seinen Regenschirm liegen lassen im Hotel!

Dann wieder die Baustelle, der Bus, die Fabrik,
das Mädchen in der Kantine –

Das Fräulein

Je weiter du dich entfernst, umso näher bist du.
Ich höre deine Stimme durchs Radio. Schmet-
terling, sagst du, vergiss deine alten Freunde
nicht, erwarte nichts mehr von mir, ich bin das
vergriffene Buch, und frag nicht, wer hier wen
bezwungen hat. Ich sehe dein Gesicht, jeden
Tag deinen Hintern, deine einstudierten Bewegungen gehen hausieren. Alle schließen die Türe, alle sagen: Es ist Nacht, es ist Winter, was
wir brauchen, ist Wärme.

Die Sprachgrenze

Ein junger Mann, aufgewachsen in einem Weiler unweit von Waldkirchen, musste nach bestandener Prüfung als Holzfäller ins Chiemgau, fühlte sich dort aber sofort als Fremder. Da man bei ihm zu Hause die selbsterdachten Himmelsrichtungen mit NAUF, NO, NÜBER, RUM oder NEI bezeichnete, er selbst die Wörter durch jahrelangen Sprachgebrauch nicht mehr ablegen konnte, wunderte er sich über die Ausdrücke der Chiemgauer, die großen Wert auf ihr AUFE, OWE, UME und EINE legten, behielt aber seine Redewendungen bei, worauf sie ihn allmählich zu hänseln begannen, und das Woche für Woche stärker im Ton, ob er wohl aus dem Niederbayerischen käme, er, der Herr Holzfäller, und ob er es noch einmal sagen könne, sein NAUF, NO, NÜBER und RUM, dann dürfe er sich nämlich gleich schleichen, und was das bedeute, könne er nicht in einem Wörterbuch nachlesen! Der Mann fühlte sich mehr und mehr verunsichert, wollte nicht mehr dorthin fahren, wo man an den Stammtischen von einer vereinten Welt sprach, dabei die Ungereimtheiten der eigenen Landsleute nicht akzeptierte, intolerant und verbissen an alten Zöpfen hing. Aber es blieb ihm nichts anderes übrig, als weiterhin ins Chiemgau zu fahren. Bis man ihn eines Tages auf dem Dachboden seines Elternhauses fand. Als die Chiemgauer merkten, dass ihr Freund nicht mehr kam, raffte sich einer von ihnen auf, um seinen Geburtsort zu suchen, kehrte aber völlig verstört wieder zurück. Die Chiemgauer wollten wissen, was er denn Merkwürdiges gesehen habe, vor allem, was mit dem Naufnonüberundrum geschehen sei. Er weigerte sich, Auskunft zu geben. Die Einheimischen gaben nicht nach, fragten unentwegt weiter. Er ging nicht auf sie ein. Schließlich wurde er genauso belächelt und gehänselt wie der Mann aus dem Niederbayerischen, dessen Redewendungen er im Laufe der Zeit, aus welchen Gründen auch immer, beinahe originalgetreu übernommen hatte.

Sonntag

Den ganzen Nachmittag über hatte er vor sich
hingedöst. Jetzt riss ihn das Telefon aus dem
Schlaf. Dabei glaubte er, jemand habe an der
Türe geklingelt. Zwei Mal ließ er es noch läuten, dann hob er den Hörer ab, legte ihn wieder auf. So was macht er öfter. Er ist launisch.
Liebt Musik aus dem letzten Jahrhundert.
Was die Leute sagen, ist ihm egal. Sitzt im
Trainingsanzug vor seiner Schallplattensamm-
lung. Beat- und Schlagermusik, auch Easy Lis-
tening. Schwerpunkt: Sechziger Jahre. Über die
Oldie-Sendungen im Radio kann er nur noch lachen. Lauter Flaschen, sagt er, die Leute vom
Rundfunk. Sein Trainingsanzug ist innen auf-
geraut, dunkelblau, ohne Streifen, reine Baum-
wolle, das weiß er, obwohl das Gütesiegel
fehlt. Lächerlich, sich so anzuziehen, sagen
die anderen. Verehrer der neuen Zeit. Mit
denen hat er nichts am Hut. Kümmert sich
nicht, legt seine neueste Errungenschaft auf den
Plattenteller: String-A-Longs. Twist Watch.
Dreht die Lautstärke auf, bis der Küchentisch
vibriert. Seine Nachbarin klopft unter ihm an
die Decke. Die kennt er, von der weiß er Einiges, was nicht jeder wissen darf. Am liebsten

wäre er gar nicht mehr hier. Ein kleines Haus in der Fremde, das wäre sein Ding. Nur wo das sein soll, weiß er nicht.

Nachts

Jemand, dem aus der Schulter handtellergroße Pranken wuchsen, bewegte sich grinsend auf den Mann zu, der allein auf einer Matte lag. Es sah aus, als wollte die Gestalt vor ihm die Arme in die Hüfte spreizen, doch sie hatte keine. Als der Mann erschrocken hochfuhr, rief die Gestalt: Haben Sie noch keinen Krüppel gesehen! Der Mann hatte nichts, womit er sich hätte verteidigen können. Eine fette Fliege landete neben ihm und blieb bewegungslos sitzen. Er warf sich auf den Rücken. Plötzlich sah er, wie die Fliege sich vergrößerte. Als er die Augen aufschlug, sah er schwarze Ameisen über seine Beine wandern. Jetzt erst bemerkte er die hasserfüllte Menschenmenge: Bucklige, Zwerge, aufgeschwemmte Körper mit blutunterlaufenen Augen, Kranke, von der Gesellschaft ausgespiene Kreaturen, Knochengestelle, die röchelten und ächzten. Er hielt schützend die Hand vors Gesicht, aber da roch er schon ihren Atem. Sie hatten ihn eingekreist. Entsetzt riss er die Augen auf, neugierig blickten sie zu ihm hinunter. Mit einem Satz wollte er sich befreien, rannte hilfesuchend über die Wiese. Kopfüber stürzte er in das Becken, aus dem die Aussätzigen stiegen.

Die Kutsche

Als die Frau aus ihrer Kutsche stieg, fragte sie den Mann (er stand lesend vor ihr im Pferdegeschirr): Was machst du? Er: Ich lese. Sie: Was? Er: Ein Buch. Sie: Das sehe ich! Und sie zog sich wieder zurück in die Kutsche. Von dort aus sprach sie zu ihm wie mit einem Kind: Wenn du mir sagst, was du tust, beziehst du mich ein in deine Welt. Willst du das nicht, verstehst du das nicht?! Er hörte nicht zu, befreite sich und die Pferde vom Geschirr und stieß einen wilden Freudenschrei aus. Als die Frau erschrocken durch das Fenster blickte, stürmte er bereits mit den Pferden allein in die Nacht hinaus.

Probleme

Da steht sie dann wieder und schaut die Straße
runter mit ihrem trockenen Lächeln und der
Bus hat Verspätung und sie schaut die Straße
rauf und hat mich längst erkannt mit meinem
alten Mantel dem blaugestreiften Schal und ihrem Messer im Rücken und die Glocken fan-
gen an zu läuten und ich komme wie ein Pferd
die Straße rauf mit Dampfschwaden aus den
Nüstern und mein Schweif ist gekämmt und
ihre Augen blau und unschuldig ihre Lippen
wie reife Kirschen und wir sagen nichts und
wir stecken unsere Gefühle unter die Mäntel
und wir sind allein und ich gehe an ihr vorbei
und will ihr unter den Mantel greifen doch sie
springt mich an wie ein Leopard und reißt ein
Loch in meine Flanke und das Blut fließt in den
weißen Schnee und sie schmatzt und steigt ein
und hockt sich vor mir in den Sessel und ich
stehe neben ihr und wische ihr das Blut aus dem
Gesicht und der Bus fährt an und Leute steigen ein und Leute steigen aus und ich sage die
Wolken da oben gefallen mir gar nicht und sie
sagt seit wann hast du Mundgeruch und ich sage die Wolken da oben und sie sagt Mundgeruch und auf einmal sind wir da und ich lasse

ihr den Vortritt und die Leute stoßen und die
Leute schubsen und sie treiben uns fort sie in
den Bahnhof mich zurück in den Stall.

Das Bild

Er schreibt ihr, er schreibt ihr lange Briefe. Sie lacht. Aber dieses Lachen kann man nicht deuten. Er schreibt ihr, seit sie fortgegangen ist. Sie hat lange schwarze Haare. Er weiß nicht, ob sie schon abgeschnitten sind. Ihre Augen – undefinierbar. Fährt sie im Wagen durch die Stadt, wirkt sie nervös. Beim Arbeiten macht sie einen Knoten ins Haar. Sie spricht deutsch, italienisch. Manchmal sitzt sie auf dem Fußboden, hört Schallplatten von Ella Fitzgerald. Samstags geht sie in den Supermarkt. Auch sie lässt sich verführen. Seit Jahren benutzt sie IHRE Zahncreme. Sie ist verspielt, zeigt es aber nicht. In der Sonne wirken ihre Haare rot. Ihre Stimme ist weich. Ihr Blick ist offen. Sie hasst Pyjamas. Als Kind kaute sie Fingernägel. Im Schlafzimmer hängt noch immer ihr Bild.

Was er nicht vergessen kann:

Sie kniet auf dem Bett. Ihr schwarzes Haar fällt über die Schulter. Er sucht Musik im Radio, findet keine. Er drückt die Aus-Taste. Sie räuspert sich. Er zündet eine Kerze an, geht zur Türe, löscht das Licht. Mitten im Zimmer bleibt er stehen, dann geht er zu ihr. Sie lehnt ihren Rücken an die Wand, auch den Kopf. Ihre Haare fallen in den Nacken. Sie blickt auf. Er kniet sich hin. Die Kerze beginnt zu flackern, zerreißt die Schatten. Er rückt näher. Im Flur wird eine Türe geöffnet, zugeschlagen. Die Kerze beruhigt sich wieder. Sein Schatten liegt an der Wand neben ihr. Sie sprechen nichts. Das Fenster steht offen. Ihre Hände liegen gespannt auf dem Laken, auch seine. Ihr Mund ist geschlossen. Sie ergründet seine Augen, nur seine Augen. Er blinzelt, dann hält er stand. Draußen fährt ein Auto vorbei. Die Hände liegen jetzt ruhig. Sie öffnet den Mund, sagt aber nichts, will nichts sagen. Sein Arm fährt langsam zu ihr, berührt sie leicht, fast unmerklich. Er legt seine Hand auf ihre, spürt ihren Puls. Er legt die Hand wieder aufs Laken. Draußen bellt ein Hund. Sie blicken sich noch immer in die Augen, fragend, forschend. Sie hebt ihre Hand, er schiebt seine darunter. Ihr kleiner Finger streicht über seinen Handrücken. Er beugt den Oberkörper vor. Seine Stirn bedeckt ihre. Er schließt die Augen, öffnet sie. Der Hund bellt wieder. Sie dreht den Kopf zur Seite. Er atmet ihr Haar. Heute hat er wieder geschrieben.

Als ich dich brauchte

Als ich dich brauchte, den Sommer über, hackte ich Holz, während du andere liebtest. Reitergeschichten. Viel zu spät erkannte ich deine Stärke. Zweige und Äste krachten unter meiner Hand.

Das Fehlurteil

Es war ein glühend heißer Sommertag. Der Mann saß seit Stunden auf seinem Balkon. Die Sonne schien ihm das Gehirn auszutrocknen. Er war tatsächlich unfähig geworden, einen zusammenhängenden Satz zu denken. Er überlegte, denkt man in ganzen Sätzen? Er war sich unschlüssig, diese Unschlüssigkeit ließ ihn glauben, verrückt zu werden. Nur ein Wort schrieb er auf ein Blatt Papier, strich es wieder durch, wiederholte es, schrieb es endgültig nieder: Skeptisch. Den ganzen Nachmittag über saß er auf seinem Balkon, niemand wollte etwas von ihm. Nach reichlicher Überlegung schrieb er ein zweites Wort, es lautete: Bedenklich.

Warten

Die Frau kam spät nach Hause. Der Mann hatte gewartet. Während er wartete, kam ihm auf einmal der Gedanke, wie oft seine Frau schon auf ihn gewartet hatte. Er stand auf von seinem Sessel und legte sich hin. Trotzdem konnte er nicht schlafen. Er wartete auf seine Frau, die nun bald nach Hause kommen müsste.

69

Die 69 bleibt eine 69, dachte der Zahlenexperte, und wenn man sie dreimal auf den Kopf stellt. Er hatte einen Denkfehler, das wusste er, und konnte doch nichts dagegen unternehmen. Früher stand er auf mit der Sonne, das ist lange her. Heute ist es umgekehrt. Die Arbeit in der Zahlenzentrale duldet keine Fehler. Wo die entscheidende 1 geblieben war, wusste er nicht. Ein Fehler vielleicht in der Fernübertragung, ein Fehler weit draußen, jetzt bei ihm gelandet. Seit drei Stunden suchte er, wieder drei Stunden zu viel, und die 69 änderte sich nicht. Warum soll ich suchen, draußen geht das Leben weiter, und ich suche und suche! Er warf die 69 in die Ecke, nahm seinen Mantel, zog die Chipkarte aus der Tasche, aber die Türe blieb verschlossen. Die 69 hatte sich jetzt dort ausgebreitet.

Zwei Kinder

Sie stritten sich wie kleine Kinder, und das waren sie noch. Verteidigten ihre Grundsätze bis aufs Messer, gingen nicht mehr aufeinander zu, entfernten sich nur weiter Tag für Tag. Dafür waren sie geboren, dafür lebten sie.

Die Wolken am Himmel

Du bist also der Schlaue, der weiß, wohin es geht, der weiß, was sein wird, morgen und übermorgen. Der seinen Kalender geplant hat bis ans Ende, morgen bereits an übermorgen denkt, weil gestern vorbei ist, endgültig. Weißt du denn auch, wohin die Wolken ziehen?

Claudio

Claudio lernte eines Tages einen Mann kennen, der Bücher schrieb. Kennen Sie meine Bücher, fragte der Mann. Nein, sagte Claudio. Hier ist mein bestes, meinte der Mann und schenkte ihm ein dickes Buch. Claudio begann sogleich darin zu lesen, aber es gefiel ihm nicht. Schließlich zwang er sich dazu, und er benötigte über zwanzig Tage, um es auszulesen. In einer Buchhandlung entdeckte er das Buch wieder. Vielleicht doch ein wichtiges Buch, dachte er, ich werde es noch einmal lesen. Aber er las es nicht mehr. Er verkaufte es mit diversen anderen Sachen auf dem Flohmarkt. Als im Laufe der Zeit aus der Bekanntschaft Freundschaft wurde, lud Claudio den Mann zu sich nach Hause ein. Vorher ging er noch in die Buchhandlung, kaufte das Buch und stellte es in seinen Bücherschrank.

Der Schlangenzüchter

Die Schlange erreichte ein ödes Felsengebiet, wand sich umher im prallen Sonnenlicht, suchte Zuflucht und Schutz unter einer kühlen Felsenwand. Hier aber war das Reich des Schlangenzüchters. Der saugte ihr das Gift aus den Zähnen, so dass sie ohnmächtig wurde, beim Wiedererwachen eine Ratte zu sehen glaubte, schließlich die Peitsche zu spüren bekam. Bald liebte sie dieses Spiel mehr als jede seiner Zärtlichkeiten, wurde sein bestes Vorzeigestück. Das Publikum auf den Marktplätzen rief nach Zugabe, hatte so etwas noch nie gesehen, eine Schlange, die sich auspeitschen ließ, auf jedes unausgesprochene Wort gehorchte! Die wollüstigen Körper der Frauen zuckten zusammen, waren wie hypnotisiert, hatten nur noch einen Gedanken, reisten dem Schlangenzüchter hinterher, warfen sich schamlos in den Sand, ließen sich anketten an die Felsenwand, von ihm auspeitschen, stundenlang. Und die eifersüchtige Schlange wand sich um die erhitzten Körper, wartete gierig auf den ersten Schlag.

Trance

Die Nacht kam heran mit aller Gewalt, doch er konnte nicht schlafen. Er dachte an früher, noch früher, ganz früher, bis er in Trance verfiel und glaubte, ein anderer zu sein. Nur ein etwas anderer: Einer, der zufriedener war als er.

Der Verliebte

Dein schicker Regenmantel, mit all diesen Ab-
zeichen, gehört deinem Vater, ich weiß. Auch
der Pullover. Zieh ihn aus, häng ihn zur Tür. Ich
bin hinter dir her, seit ich denke. Revolutionen
haben mich nie interessiert. Komm, leg dich zu
mir, betrachten wir den Regenmantel.

Die Amsel

Sie hatte ihre linke Schulter weit nach oben gezogen, ihren Kopf nach unten zur Seite geneigt. So ging sie schrittweise umher auf ihrem kleinen Balkon. Der Mann auf dem Balkon gegenüber beobachtete sie. Ihre langen schwarzen Haare gaben dem Gesicht einen südländischen Ausdruck, den der schwarze, engtaillierte Pullover mit den weit zurückgeschobenen Ärmeln noch unterstrich. Sie bewegte sich leicht und elegant auf ihrem Balkon, von der Wäscheleine zu ihrem Wäschekorb und wieder zurück, hob Tücher und Hemden in die Höhe, schüttelte sie, klemmte sie mit Wäscheklammern fest, strich dann noch einmal kurz und kräftig darüber. Ihre Arme leuchteten dabei, auch ihr Gesicht. Sie bewegte manchmal ihren Mund, hatte ein Telefon zwischen Kinn und Schulter geklemmt, ein kleines schwarzes Telefon. Der Mann hatte die Frau noch nie gesehen, hätte jetzt gerne ihre Stimme gehört. Vielleicht war dies auch der Grund, warum er von ihr träumte. Und es geschah noch am selben Abend: Sie war eine Amsel, saß friedlich auf seinem Balkon. Er fütterte sie. Sie neigte ihren Kopf. Na, fragte er übermütig, wo hast du dich heute wieder rumgetrieben! Er warf ihr noch ein paar Brotkrumen hin. Sie antwortete nicht, hob nur ihren Kopf. Er war sich ganz sicher, dass sie dabei lächelte.

Frühling

Also, meinte sie, nachdem sie mit ihm zum zweiten Mal an den Fluss gegangen war, meine Eltern sind Juden, auch meine Vorfahren, stört dich das? Mich nicht, entgegnete er, warum betonst du das? Ich wollte es dir nur sagen, damit du Bescheid weißt. Eine kurze Pause entstand. Und er nahm einen Stein, schoss ihn über das Wasser, dass es zischte. Schließlich sagte er, meine Eltern sind Christen, auch meine Vorfahren, stört dich das?

Lindenblüte

Eine Lindenblüte fiel zu Boden. Die Frau, die mich betrogen hatte, hob sie auf mit den Worten, siehst du nicht, eine Lindenblüte. Ja, entgegnete ich, ich sehe. Eine Lindenblüte, wiederholte sie, freust du dich nicht. Ich schwieg. Siehst du nicht die feinen Adern darin, fragte sie, erinnerst du dich nicht, eine Lindenblüte, unsere große Zeit! So sprach die Frau, die mich nicht mehr liebte. Sie schien sich kaum verändert zu haben, seit sie die Lindenblüte gesehen hatte.

Das Buch

Ein Mann suchte in einer Großbuchhandlung ein ausgefallenes Buch, fand es aber nicht. Da trat ein kahlgeschorenes Mädchen auf ihn zu, legte seinen Zettel auf den Computertisch und betätigte die Tastatur. Ja, sagte sie, in der Taschenbuchabteilung! Der Mann fand die Taschenbuchabteilung, wiederholte sein Sprüchlein. Eine andere Frau öffnete ihren Computer, und der Mann sah noch einmal die Namen und Zeichen auf dem Bildschirm, die er vorher schon gesehen hatte. Das soll bei uns sein, fragte die Frau. Ich weiß nicht, sagte der Mann. Die Frau klopfte energisch auf ihre Tastatur und verschwand in der Abteilung, aus der er gekommen war. Als sie zurückkehrte, hielt sie einen zerknüllten Zettel in der Hand. Das Buch haben wir nicht auf Lager, sagte sie. Und beide blickten sich an. Wollen Sie es bestellen, fragte sie. Der Mann überlegte. Schließlich tippte sie die Bestellung in ihren Computer. Als sie nach seinem Namen fragte, gab er einen Schriftstellernamen an. Er lachte dabei, aber die Frau reagierte nicht. Es war der Name eines Schriftstellers, der längst verstorben war. Wann, fragte der Mann. Übermorgen, sagte sie. Der Mann schob seinen Bestellzettel in die Tasche, zwängte sich durch die Menschenmenge hinaus zum Ausgang. Wenn er sich beeilte, würde er noch den Bus erreichen, vor seiner Frau zu Hause sein, die heute Abend ihren Geburtstag feiern wollte.

Die Nacht

Es war ein angenehmer warmer Tag gewesen. Jetzt aber hatte es aufgefrischt und die Sträucher und Blumen schwankten im Wind. Der Mann lehnte sich in seinem Sessel zurück und schlief ein. Als er erwachte, lag eine verglimmte Zigarette vor ihm, die Asche unberührt, nur leicht auseinandergefallen. Er wusste nicht, wie er hierhergekommen war – konnte sich kaum erinnern. Er richtete sich auf. Nichts war zu sehen, nur Teller und Gläser, umgekippte Stühle, ein schwaches Licht in der Ferne. Er zog die Tischdecke zu sich herunter, versuchte zu schlafen. Im Traum glaubte er etwas Wichtiges erledigen zu müssen. Eine weißgekleidete Frau sprach zu ihm wie ein Kind. Er wusste keine Antwort mehr. Als er erwachte, war alles, was ihn jemals bedrückte, verschwunden. Die Amsel, die krächzte wie eine verrostete Schere, wurde zur Lobeshymne. Das Tischtuch ein Altar, das trübe Licht in der Ferne zum leuchtenden Tag. Endlich hatten sie ihn eingekreist, fest in ihrer Hand, die Komplizen der allseits gefürchteten Sekte. Doch das wusste er nicht. Er war ein anderer geworden und lächelte.

Verträge

Die Frau sagte, geh fort! Der Mann schwieg. Die Frau blickte ihn an, sie kannte ihn. Der Mann wischte einen kleinen Fleck vom Fenster, auf den er gestarrt hatte. Sie wartete. Er sagte nichts. Er setzte sich an seinen Schreibtisch. Geh endlich, rief sie. Er reagierte nicht, öffnete die Schublade, kramte ein kleines Fläschchen hervor, stellte es auf die Schreibtischplatte. Die Frau rief, verschwinde! Während der Mann ein Blatt Papier aus der Schublade holte, trat sie näher. Er blickte sich um, sie blieb stehen. Er öffnete das Fläschchen, schüttete den Inhalt über das Blatt, strich langsam mit einem kleinen Pinsel darüber. Unsere Verträge, sagte er, ich habe sie ausgelöscht. Die Frau rief, verschwinde!

Zeit

Kaum angekommen, streckt er seinen Arm.
Man merkt es, er hat keine Zeit. Armbanduhr
mit Goldrand. Kein Herzeigetyp, nur der ver-
stohlene Blick, der sich einprägt. Die Augen
wandern umher, ruhig und klar. Was folgt,
ist der Blick auf die Uhr. Berufsbedingt, sagt
er. Man versucht ihn in ein Gespräch zu ver-
wickeln, in dem er aufgehen kann, was er auch
tut. Nicht desinteressiert, eher neugierig, dabei
auf dem neuesten Stand, und schlagfertig, das
ist er, bringt komplexe Themen auf den Punkt!
Schon schweift er ab. Fragt man ihn, nennt er
eine Zeit, die weit entfernt liegt, doch man hat
sich getäuscht. Sein Blick sagt alles. Man be-
reut schon, ihn eingeladen zu haben, glaubt
trotzdem an ihn. Tage später ruft er an und sagt,
die Zeit ist es, warum ich nur noch telefonie-
re. Während er spricht, verhalten und ruhig,
überschwänglich, nervös, hat man ihn wieder
gesehen, eindeutig, den alles beherrschenden
Blick auf die Uhr.

Der Ausflug

Beide waren mit ihren Fahrrädern im Voralpen-
gebiet unterwegs. Erst fuhr sie hinter ihm her,
dann wieder war es umgekehrt, und er sah ihr
Halstuch im Fahrtwind flattern. Dort ist es, sagte sie. Beide bogen ein in einen Feldweg, über-
querten einen Schienenstrang. Die Waldlich-
tung lag im Halbschatten. Hier wuchsen sie,
aus der Ferne kaum sichtbar, Holunderbeeren,
zwischen Unkraut und Brennnesselstauden, die
ihm die Arme verbrannten, so hoch waren sie
gewachsen. Brombeersträucher lauerten am
Boden wie Stacheldraht, zerkratzten ihm die
Beine. Polizisten, sagte er. Es erschien ihm wie
die Fortsetzung von gestern Abend, als sie sich
wieder gestritten hatten, keiner nachgeben
wollte, schließlich nur noch vor sich hinstarr-
ten, stur und verbittert und vor Erschöpfung
stumm. Er blickte sich nach ihr um, erkannte,
dass es sinnlos war, weiter mit ihr darüber zu
diskutieren. Sie freute sich über die saftige
Ausbeute. Er half ihr beim Pflücken, was ihm
vorkam wie ein verspätetes Schuldeingeständ-
nis. Nachdem sie fünf Plastiktüten bis obenhin
gefüllt hatten, leuchteten ihre Finger rotblau in
der Sonne, und sie lachten. Am Spätnachmittag

schoben sich schwarze Wolken am Horizont zusammen, ließen die Berge klein und bedrohlich erscheinen. Doch erst am Abend hatte es zu regnen begonnen, und ein starker Wind kam auf. Aber da waren sie bereits zu Hause.

Raben

An einem kalten Winternachmittag öffnete ein
Mann die Türe zu seinem Balkon und trat ins
Freie. Er sah einen Schwarm Raben über sich
hinwegfliegen. Sie krächzten und waren eng
aneinander gekettet. Es fror ihn etwas bei dem
Anblick. Kaum waren sie verschwunden, folgten drei vier Nachzügler. Alle flogen sie in die
gleiche Richtung. Als der Mann die Türe
schließen wollte (und er wusste gar nicht mehr,
warum er sie geöffnet hatte), bemerkte er einen
noch größeren Schwarm als vorher, beinahe un-
heimlich, und wieder die Nachzügler. Alle kamen sie aus südlicher Richtung geflogen. Ohne Vorwarnung erschienen sie am stahlgrauen
Himmel, hatten es sehr eilig, als gäbe es im
Norden etwas umsonst. Wie damals, als er
selbst hinter all den Leuten hergerannt war,
jung und verzweifelt und hungrig. Aber das ist
lange her. Wahrscheinlich sind Raben intelli-
gentere Wesen als wir, dachte der Mann und
schloss die Türe zu seinem Balkon.

Claudio

Eine junge Frau, frühmorgens neben Claudio an der Bushaltestelle stehend, kicherte immerzu in sich hinein, wie es Kinder manchmal tun, um Erwachsene nachzuäffen, es fehlte nur noch die Hand vor dem Mund, und Claudio verspürte einen Ruck in sich, der ihn unversehens in den falschen Bus einsteigen ließ: Hatte er etwas Unrechtes gesagt – Mit was hatte er sich beschäftigt – Waren seine Knöpfe geschlossen – War er damit gemeint – Bis in die Nacht hinein verfolgte ihn das Kichern dieser Frau, wo er doch geglaubt hatte, es schnell wieder vergessen zu können.

Beziehungen

Ein jeder war gehässig, lebte nur für sich allein. Wie sie aneinander vorbeigingen. Das Leben eine Qual. Mitleid, das war es nicht. Man musste sich maskieren, etwas darstellen, anders sein, als man war. Wie er sich hasste. Etwas war nicht in Ordnung. Waren es die anderen? Wie lange ging das schon? Wie alt man werden konnte in ein paar Jahren. Der Kopf tat ihm weh. Er rieb sich die Stirn. Wenn ich wirklich krank werde, dachte er. Ständig fühlte er sich beobachtet. Diese Leute auf dem Balkon gegenüber, was waren das für Menschen. Wie sie ihn anstarrten. Er marschierte hin und her. Er wollte sich hinlegen. Diese Augen. Er mochte es nicht, wenn man ihn ansah. Er hatte es nie gemocht. Nun war es besser, der Vorhang, dunkelgrün. Aber die Geräusche blieben, verstärkten sich. Der Autostrom riss nie ab. Und diese Leute, er konnte nicht so lachen. Wenn er lachte, begann er nachzudenken. Er blickte sich um. Die Küche schmutzig, der Boden voller Dreck, das Waschbecken. Er dachte an seine Beziehungen. Spätestens nach einem Monat war alles vorbei. Und Freunde, nichts. Begann er zu sprechen, schauten sie ihn an, dass er jeden Satz abbrach. Sinnlos, niemand ging auf ihn ein, alle waren gescheiter. Lieber allein verrecken! Jeder wollte ihn umbauen, von Grund auf. Waren das Freunde, vertrauenserweckende Personen? Abhängigkeitsverhältnisse. Hilf dir selbst, dann hilft dir der Himmel. Werden wie sie, an sich denken, kaltherzig, auf den eigenen Vorteil bedacht. Aufgeschlossene, offene Menschen – er spuckte aus. Woran sollte man sich freuen. Fragte man sie, wussten sie Bescheid, konnten alles erklären. Als hätten sie nur gewartet auf ihn.

Lebensunterhalt

In der Tür stand eine Frau mit zottig blonden
Haaren. Sie hielt die Hand am Türgriff, schaute
ihn ruhig an. Er machte sein Sprüchlein. Sie
sagte, treten Sie ein, und ließ ihn nicht aus den
Augen. Schließlich blickte er zu Boden. Ich bin
hier zur Untermiete, sagte sie, geschieden, kein
Haushalt mehr, die Einrichtung gehört meinem
Vater, Sie verstehen. Ich verstehe, sagte er, Ihre
Police, die haben Sie noch? Warten Sie, sagte sie und verschwand hinter der Tür, die nur
leicht angelehnt war. Jetzt erst nahm er das Ker-
zenlicht wahr, die Umrisse der Kommode. Er
drehte sich um und hustete. Er wusste, dass sich
noch eine Person im Raum befand.

Der Besuch

Ich bin ein zuversichtlicher Mensch und habe Vertrauen. Nur wenn mich Gefühle wie Misslaune oder Niedergeschlagenheit übermannen (niemand geht daran vorbei), besuche ich meine Nachbarin, die aus Chile kommt. Ich habe mich immer gefragt, wieso sie nach Deutschland gegangen ist, und sie auch gefragt. Stets erhalte ich die gleiche Antwort. Meine Nachbarin spricht perfekt Deutsch, sie versteht jede Nuance unserer (steinreichen) Sprache. (Es kracht wie im Steinbruch, hat sie einmal gesagt.) Ich mache mich nicht wichtig, dazu sind andere geboren. Ich halte nichts von Belehrung. Meine Nachbarin pflegt den Umgang mit gescheiterten Existenzen. Ich sage, das heißt, ich bestätige, dass es dafür noch andere Worte gibt, aber meine Nachbarin liebt sie, die gescheiterten Existenzen. Und ich bleibe bei diesem Wort. Manchmal, um davon abzulenken, erzählt sie von lateinamerikanischen Autoren, doch die sagen mir nichts. Eines Tages blätterte ich in einer Anthologie, die auf ihrem Tisch lag, als es läutete. Kommt deine Schwester, fragte ich. Das kann nur meine Schwester sein, sagte sie, oder die Katrin, oder die Maria. Aber es war

Peter. (Peter Pedro, sagte sie.) Ich kannte ihn nicht. Er sprach perfekt Deutsch und reichte mir die Hand. Beide waren gleich in ein Gespräch vertieft, aber ich verstehe kein Spanisch. Sie zeigte ihm eine vergilbte Zeitschrift, in der Panzer abgelichtet waren, Männer mit Maschinengewehr und so weiter. Er lachte beim Durchblättern und war mir nicht unsympathisch, nur seine Unbekümmertheit regte mich auf, sein übertriebenes Selbstvertrauen. Obwohl es mir echt erschien, hatte ich doch so ein Gefühl wie: Der spielt dir was vor! Er lachte und begann zu pfeifen, wenn im Radio ein ihm bekanntes Lied erklang, achtete nicht mehr auf das, was sie sagte, was sie natürlich veranlasste, das Gesagte zu wiederholen. Ich tat, als bemerkte ich nichts, blätterte weiter in der Anthologie. Er begann von seinem Studium zu erzählen. Sie schmunzelte dabei, wohl um in mir das Gefühl völliger Übereinkunft zu wecken. Schließlich sagte ich, um auch etwas zu sagen, auch weil mich diese Anthologie schon zu langweilen begann: Seit wann leben Sie in Deutschland? Seit einiger Zeit, antwortete er ohne mich anzublicken. Ich nahm Papier und Bleistift zur Hand, schrieb etwas wie TRISTE COMO Y OTROS CUENTES EL POZO TIERRA DE NODINE, hielt meinen Finger ins Buch, blätterte vor und zurück, lachte mitten in ihr Gespräch hinein: Das ist ja wohl ein Druckfehler, hier steht, schon mit neun Jahren hat er Shakespeare übersetzt! Er meinte, so etwas sei keine Seltenheit, im Gegenteil, wenn man als Kind fleißig lerne und so weiter. Dann hörte ich Worte wie SYMPATICO, ABLEHNUNG, WIDERSPRUCH und TREPPE. Als sie ihr Zimmer verließ, machte er sich auf der anderen Seite des Bücherregals zu schaffen, das mitten im Zimmer stand, und ich dachte: Er ist nur dorthin gegangen, um mir auszuweichen! Als sie zurückkehrte, begannen die Gespräche aufs neue. Jetzt aber auf Deutsch. Trotzdem verstand ich den Zusammenhang nicht. Es sei unverantwortlich, was die Leute alles daherredeten. Kein Mensch mache sich mehr Gedanken, wenn der U-Bahn-Fahrer BONNER FREIHEIT ausrufe, das gleiche gelte für den MÜNCHENER PLATZ. Natürlich, ein Einheimischer verstehe diesen Witz der Wortverdrehung, nur er nicht. Das große Übel liege in der Blindheit der Menschen. Er zum Beispiel habe ein gutes Verhältnis zu seinen Eltern, das sei aber nicht immer so gewesen: Erst als ich mein Elternhaus verlassen habe, nein, erst als sie einsahen, dass ich meinen Weg gefunden habe, hat sich dieses Verhältnis zum Besseren gewandt! Und er verfiel wieder ins

Spanische. Ich konnte mich nicht von dem Gedanken trennen, dass er das absichtlich gemacht
hat. Schließlich reichte er mir die Hand und
verabschiedete sich. Er ist traurig, weil der große Regisseur gestorben ist, sagte sie, es gibt
jetzt keine Rollen mehr für ihn! Ich stand auf,
schloss die Türe hinter ihm und legte das Buch
auf den Tisch. Endlich war ich allein mit ihr.

San Diego

Die neu ausgebaute Straße führt erst den Stadtrand entlang, eine Schleife, ein Knotenpunkt, und weit hinaus in die Vorortgebiete. Im Autoradio Beethoven, Mozart, Nachrichten. Er betrachtet die Landschaft, nichts, was man hier nicht schon gesehen hätte. Abgeholztes Land, jetzt mit Schnee bedeckt, als suche es Schutz darunter. Im Frühjahr spätestens tritt alles wieder zutage. Vor einer Raststätte ein Anhalter, aber der interessiert sich für Mathematik. Im Ernst, Mathematik, und jetzt erinnert er sich erst: Sie hat nicht airport gesagt, sondern train station!

Bahnsteig 3, 18 Uhr, zwei weiße Koffer. Schließlich erkennt er sie an der Wollmütze, von der sie auch gesprochen hat. Hallo! Händeschütteln. Er hilft Koffertragen. Did you have a good trip?

Im Hotelzimmer sagt sie, dass sie sich für das berühmte Schloss interessiere, ob er so nett sei. Natürlich, morgen früh! Nein, um die Mittagszeit, meint sie und geht ans Telefon: Take a map and try to find me – natürlich habe sie den Freund erreicht, eine Woche wolle sie bleiben, und heute Abend ins Konzert, der große Gitarrist sei hier! Vorher Abendessen, Bier, ein Spaziergang durch Schneewehen. Sie befürchtet, keine Karte mehr zu bekommen. Er bekommt sie.

Parkett, Reihe 09. Einsam steht eine Gitarre auf dem Podium. Erstes Klingelzeichen, Beifall. I know – people from here play also, but he is an american guy! Keine Blitzlichter. Keine Allüren? Er spielt gut, er spielt verdammt gut. Dann zieht er seinen Pullover aus, gibt drei Zugaben, und noch eine.

Am nächsten Tag Regen. Beim Frühstücken fragt sie, ob er sein Versprechen halte – dann müsse er ihr auch die Stadt zeigen. Hinauf zum Fernsehturm: Wo wohnst du? Wo ist die berühmte Kirche? Schließlich muss er sie fotografieren. Wo sind die Ersatzfilme! Und er erfährt, dass sie Kontaktlinsen trägt. Und Denkmale, Springbrunnen, Museen, alles im Regen, bis der zweite Film belichtet ist.

I don´t like cities, sagt sie später und beginnt wieder zu fotografieren: links und rechts Felder, hingestreuter Schnee, Überlandleitungen, nackte Bäume, der Himmel metallblau, die Straße nass und schwer, vereinzelt Höfe, ein Kirchturm, klitschige Hausdächer, manchmal ein Fahrzeug, Wind, Schutthalden, Krähen im Verbandsflug.

Später geschlossene Bahnschranken. Sie steigt aus für ein neues Foto. Der Wind schlägt ihr die Mütze vom Kopf. Hinter den Bahngeleisen Häuser, Licht in den Fenstern, 15 Uhr. Fahrräder am Boden, Kinder in Wasserpfützen.

Weiter draußen wieder die Felder, braun, grau, scheckig, Schnee wie Puderzucker, Wälder, rostbraun durchsetzt. Dann die Bergkette, schwarz, drohend, Schilder am Straßenrand, Zimmer frei, und sie ruft etwas wie: Dort ist es, dort!

Endlich ein Parkplatz. Sie will eine Pferdekutsche, nicht so einen läppischen Autobus! Geschäftiges Treiben vor Souvenirläden, Pferdegeklapper, noch ein Foto, und schon geht es bergan.

Der Wald dampft, überall riecht es nach Moos, Schneeklumpen fallen auf den Weg, und man spürt die Kälte. Oben will sie nicht auf die Brücke, nein, gleich ins Schloss, bitte!

Ein Führer erzählt seine einstudierten Sätze:
„Das mächtige Gewölbe der Schlossküche wird
durch Säulen aus poliertem Stuck-Granit ge-
stützt. Für die damalige Zeit äußerst fortschritt-
lich war die Küche mit Anlagen für fließend
Heiß- und Kaltwasser und auch für Wild- und
Geflügelbraten ausgestattet."

Im Schlafzimmer verliert sie eine Kontaktlinse.
„Der einsame König besaß eine Vorliebe für
prunkvolle Schlafzimmer. So weist der im spät-
gotischen Stil gehaltene Raum herrliche Ei-
chenholzschnitzereien auf, vor allem am Balda-
chin des Bettes, am Waschtisch, am Lesestuhl
und an der Mittelsäule. Allein für diesen ein-
zigen Raum sollen vierzehn Holzschnitzer vier-
einhalb Jahre lang gearbeitet haben." Der Führer bückt sich, hilft suchen.

Wieder in der Kutsche will sie nicht mehr
zurück, nein, gleich weiter, Geburtsort des großen Komponisten, dort habe sie Bekannte, man
erwarte sie! Er fährt sie zum nahegelegenen
Bahnhof, aber nein, sie käme schon zurecht,
bitte!

Auf dem Rückweg noch einmal das Schloss, jetzt als dunkle Silhouette. Er drückt stärker aufs Pedal. Nicht lange, bald steht er an einem Bahnübergang. Ein Zug donnert vorbei, schnell und zielstrebig, mit hellerleuchteten Abteilen.

Claudio

Claudio machte einen Besuch im Krankenhaus. Er trat ins Zimmer und begrüßte den Kranken, der allein am Fenster in seinem Krankenbett lag. Der Kranke konnte kaum sprechen. Claudio musste sich anstrengen, ihn zu verstehen. Er wollte nicht unhöflich sein und schwieg mit dem Kranken. Der Kranke blickte ihn unentwegt an. Schließlich sagte Claudio: Siehst du den Himmel, kaum Wolken zu erkennen, ein gutes Zeichen, auch du wirst bald wieder gesund! Der Kranke sagte kein Wort, blickte ihn unentwegt an. Wie bewegungslos saß Claudio vor dem Kranken, hielt immerzu seine Hand. Er verabschiedete sich insgeheim von ihm, zögerte aber seinen Abschied hinaus. Ich werde jetzt gehen, sagte er, höchste Zeit! Er schämte sich beinahe für seine Worte. Schließlich stand er doch auf und nickte dem Kranken freundlich zu. Bald sehen wir uns wieder, sagte er, und schloss leise die Türe hinter sich. Er war müde geworden. Vor ihm schleppte sich ein Patient mit Schläuchen und Flaschen durch den Flur. Auch Claudio verlangsamte seinen Schritt. Hatte er das Richtige gesagt zu dem Kranken? Hätte er einfühlsamer sein sollen? Er

blieb stehen, als er sah, wie eine Krankenschwester ein großes Tablett durch eine Türe
balancierte. Die Stimme eines Priesters drang
aus einem Krankenzimmer. Milde, tröstende
Worte. Claudio beschleunigte seine Schritte.
Draußen angekommen, atmete er tief. Er dachte: Wenn ich wiederkomme, werde ich gleich
das Zimmer des Kranken aufsuchen, nicht zu
viel und nicht zu wenig reden, ihm freundlich
in die Augen sehen, gehen, wenn es an der Zeit
ist, ohne viel auf die nähere Umgebung zu ach-
ten.

Kalender

Nachts aufwachen, in die Küche gehen, schlaf-
trunken nach Mutter rufen, Zigarettenrauch und
Gelächter, Vaters Akkordeon, zum ersten Mal
den Fernseher einschalten, Eiskunstlauf, Mutter beim Kritisieren, was die für Beine hat, Fingernägel beißen, Micky Maus Heft, Zigaretten
verstecken, über andere Menschen herziehen,
dabei die eigenen Schwächen meinen, die man
sich nicht eingesteht, Formulierungen suchen
für dieses falsche Verhalten, Thesen aufstel-
len, aburteilen, den Schritt der Cowboys imi-
tieren, rote Striche im Aufsatzheft, Schule
schwänzen und Angst, bei Großvater Zuflucht
suchen, Zweikämpfe mit Rivalen, das erste
Mädchen verlieren, das man nie gewonnen hat,
Gedichte schreiben, Ministrant werden, leug-
nen, bereuen, beichten, grüne Äpfel essen,
schlechtes Zeugnis, auf der Straße rauchen, Sa-
latöl ins Haar schmieren, erster Samenerguss,
Hautausschlag, barfuß über Stoppelfelder laufen, auf den Boden spucken, die Schule doch
bestehen, etwas Besonderes sein wollen, erste
Flasche Sekt, Fußballspielen in einer richtigen
Mannschaft, Liebesbriefe schreiben, Angst vor
der Sprache haben, über den Dingen stehen

wollen, einen Duden kaufen, die Brüste der Frau drücken, die nur ein Mädchen ist, zum ersten Mal das Meer sehen, die Zeit anhalten –

Das Bild

Willst du für mich etwas malen, dann male die Schlange, den Apfel, den Baum. Vergiss nicht den Stein, der ins Rollen kommt. Ein leises Lachen auf deinem Gesicht. Auch der Himmel darf blau sein, ein Weg und ein Strauch. Wo ich mich dort aufhalte, weißt nur du.

Der Ort

Einmal bin ich dort gewesen, ich möchte nicht mehr hinfahren, es ruft nur beklemmende Erinnerungen in mir wach. Es ist nicht der Ort. Es ist ein Mann, der immer, wenn ich ihn auf der Straße sah, hastig und gesenkten Kopfes dahinging, sich nie umblickte, auch dann nicht, wenn Jugendliche versuchten, ihn mit Worten zu provozieren. Ich fragte mich, wohin er eigentlich gehen mochte. Nachts beobachtete ich ihn. Sein Zimmer lag im Erdgeschoß, das Fenster in Augenhöhe. Stets war er über Papierstapel gebeugt. Der Vorhang war nie gezogen. Trotzdem konnte man die Tiefe des Raumes nicht ausloten, nur erahnen, was hinter der Marmorplatte sein mochte, auf dem sich die Papiere stapelten. Einmal, als ich so stand, voll Neugier und Misstrauen, klatschten Reste von Dachlawinen auf den Weg. Ich erschrak, obwohl ich mir nie etwas habe zuschulden kommen lassen!

Vergangenheit

Ein Mann saß im Wirtshaus, um zu vergessen. Vor ihm ein pechschwarzer Riese, der immerzu flimmerte und zu piepsen begann, wenn man ihn ignorierte. Aber kein Mensch stand davor, und das Flimmern hörte nicht auf. Der Mann konnte auch auf die nächtliche Straße blicken. Fahrzeuge mit abgeblendeten Scheinwerfern hielten, während andere zu fahren begannen. Aus dem Lautsprecher im Lokal drang Musik, die der Mann nicht mochte. Moderatoren protzten mit Sprüchen, als hätten sie das Radio erfunden. Der Mann dachte an früher. Aber das gab es nicht mehr. Er wusste es und wusste es doch nicht. Wie oft waren wir hier, dachte er, haben Gänsebraten gegessen oder Schweinebraten, egal, Spaß haben wir gehabt, und heute? Er kippte sein Bier hinunter, bestellte noch eines, aber es schmeckte ihm nicht. Falsch und verlogen wie die Welt, dachte er, wenn man da nicht seinen Kopf beisammen behält! Er erschrak. Draußen war die Straßenbahn mit einem Auto zusammengestoßen, und die Lautsprecher dröhnten. Jemand krächzte unentwegt: ICH BIN ES! ICH! Der Mann stand auf und bezahlte, ging hinaus in die Nacht, drehte sich

nach links, nach rechts, hätte beinahe den Weg
nach Hause nicht mehr gefunden.

Die Angst

Er lief und trat ein. Er hörte die Leute nicht. Er überlegte und hockte sich hin. Er wartete auf etwas, das kommen müsste, aber nicht kam. Es war ein Abend im Mai. Ein Sonntag, jeder ging spazieren. Das Gefühl, der Beste zu sein, kam nicht zurück.

Die Bar

Manchmal wäre es leicht, manchmal genügte ein Lächeln, ein Schweigen für die Frau, die sich aussprechen muss, nachts um drei in dieser Kneipe, barfuß und mit offenem Haar, die einfach nichts kennt als Schläge und Dreck von einem Mann, den sie morgen wieder MEIN GATTE nennt.

Claudio

Claudio, seit mehr als einem Jahr allein in der Fremde lebend, wurde eines Nachts von schweren Träumen geplagt. Unruhig ging er im Zimmer umher und dachte: Jegliche Versuche, neue Kontakte zu knüpfen, sind mir misslungen, bin ich unfähig unter Menschen zu leben? Hastig kleidete er sich an. Die Hände tief in den Manteltaschen vergraben, schritt er allein im Licht der Straßenlaternen dahin, als ihm plötzlich ein Fremder den Weg versperrte: Der Schnee kommt leise wie ein Dieb, und wildgewordene Schatten fallen über die Dächer her, wen interessiert noch die Wiese, das Feld, die Menschen haben anderes im Sinn! Höhnisch lachend behauptete er, alles habe sich verändert, als Kind sei das selbstverständlich gewesen, mit dem Fahrrad nach Paris zum Beispiel, aber heute werde man gleich einer Gruppe zugeordnet, dabei hätten die Menschen das Sprechen verlernt, er habe sich umgesehen und wisse Bescheid, und ein jeder wisse Bescheid, dafür kämen sie jetzt mit ihrem Kalauer, die Südländer, ja, die Südländer! Fahren Sie mal mit dem Bus, morgens, abends, ganz egal, nichts ist so leer wie ein Bus voller Menschen, alle hocken da wie Hühner oder Gefangene einer Galeere, fehlt nur noch der Mann mit der Peitsche! Claudio überquerte eilig die Straße, der Fremde aber rief: Bleiben Sie stehen, kommen Sie zurück, Wein trinken, Lieder singen! Er spricht wie ein Kind, dachte Claudio, bin ich sein Vater? Nein, ich komme nicht zurück! Natürlich, rief der Fremde, das sagen alle! Claudio suchte verzweifelt jemanden, mit dem er sprechen konnte. Als schließlich eine Frau vor ihm stehen blieb, drehte er sich geschwind um und rief: Dort, dort! Was ist, fragte die Frau. Dort, dort, rief Claudio, schauen Sie! Zu seinem Entsetzen musste er feststellen, dass weit und breit kein Mensch zu sehen war.

Der Traum

Im Traum glaubte er, die Lösung seiner Probleme gefunden zu haben. Er lächelte beim Erwachen, wollte sich das Geträumte merken, fiel aber wieder zurück in den Schlaf. Am nächsten Morgen spürte er nur noch ein leichtes Pochen an den Schläfen.

Legende

Es war eine sternenklare Winternacht. Der Rauch aus den Kaminen der Häuser stieg schnurgerade in den Himmel. Der Schnee knirschte unter den Füßen des Mannes, und sein Atem zog als weiße Fahnen hinter ihm her. Es war kurz vor Mitternacht, trotzdem hörte er manchmal ein leises Piepsen in den Baumkronen. Der Mann schritt zügig voran. Minus zwanzig Grad. Das war ihm recht. Er liebte die klirrende Kälte. Als Kind hatte er sie zuletzt erlebt. Wie lange hatte er darauf gewartet.

Jetzt blieb er stehen. Der See, tiefgefroren, lag vor ihm. Der Mond breitete dort sein gelbes Licht aus. Der Mann nahm das Beil aus seiner Umhängetasche, schritt weit über die Mitte des Sees hinaus. Es dauerte lange, bis er das Loch geschlagen hatte. Schweiß lief ihm trotz der Kälte übers Gesicht. Er zündete sich eine Zigarette an, sog den Rauch tief ein, stieß ihn dann als gelbe Rauchfetzen wieder heraus. Der Mond verschwand hinter einer großen Wolke, als er den entscheidenden Schritt machte. Ein leises Glucksen war zu hören, und

Wasser schwappte auf das Eis, breitete sich in kleinen Rinnsalen aus, um sogleich zu gefrieren.

Am nächsten Morgen war dort eine frische, glasklare, durchsichtige Eisfläche entstanden, aus der ein Gesicht blickte. Ein bärtiges, von tiefen Falten gezeichnetes, trotzdem noch sehr jung wirkendes Gesicht mit offenen Augen, als suchte es die Morgensonne.

Dies geschah vor einhundertfünfzig Jahren im Schwarzen Moor, nördlich von Scropinhusun. Der Mann galt als gefürchteter Räuber, noch heute bekannt als Räuberhauptmann Gump. Laut Polizeibericht aber starb er eines natürlichen Todes. An Lungenschwindsucht in Untersuchungshaft.

Geburtsort

Es war schon dunkel, als unerwartet Regen ans Fenster klatschte. Ich schrak zusammen. Das Licht ging aus. Die Hunde schlugen an. Es grollte und stampfte in der Ferne. Dann die Lichtfetzen. Ich ging ans Fenster, öffnete, drückte den Auslöser. Ohne Blitzlicht. Hier liegt die Fotografie. Erschrecken Sie nicht! Die Schattierungen am oberen Bildrand verdecken nur das Haustor. Hier sind die Hofhunde, daneben die Garage. Auf einem Farbfoto wäre das fette Grün des Rasens zu sehen, die rostbraunen Ziegel. Das stört nicht. Ganz unten erkennen Sie die Kirche. Links das Kriegerdenkmal. Hier beginnen die Felder. Das ist die Kreuzung. Hier die Hauptstraße. Dieses schwarze Auto ist in Wirklichkeit rot. Es fährt Orts einwärts. Ich kenne den Fahrer, das heißt, ich glaube. Ich weiß, man erzählt sich Geschichten über ihn, aber das gilt für jeden, man kann es nicht ausrotten, nirgends. Ich betrachte mein Bild und erkenne das Moor, wo Fasane und Wildenten zu Hause sind, Ringelnattern durchs Riedgras zischeln, Wasserfenchel, Blutweiderich, Rüsterstaude, Sumpfdotterblume und Brunnenmerk den Boden überwuchern, wo in braunen

Wassertümpel sich Milben und Eintagsfliegen, Wasserläufer und Bachflohkrebse tummeln, wo Reiher, Schnepfen und Teichrohrsänger brüten, versteckt hinter Schilf, Mooskolben, Weiden und Erlen, und ich sehe Menschen kommen, Abenteurer, Tagediebe, einfache Leute, Bauern, ganze Familien, sehe, wie sie Kanäle anlegen, Unterkünfte bauen, Wassertümpel zuschütten, Wildenten im Flug, dann Straßen, Felder, Kirchen und Bauernhöfe, sehe mich selbst barfuß hinter dampfenden Pferden einhergehen, höre das Brrr und das Hüa, das Schmatzen des Pfluges, spüre die angenehme Kühle der frischgepflügten Erde unter meinen Füßen, sehe mich Heu zusammenrechen mit Vater, Mutter, Onkel und Schwester, höre Gelächter und Scherze, dann ein: Auf geht´s, schnell, schwarze Wolken stehen hinten! Sehe mich frühmorgens die Pferde füttern, die Kühe, die Kälber, höre das stolze Krähen des Hahnes, sehe mich schon am Kaffeetisch sitzen, während draußen wieder das Sensendengeln durch den Hof klingt, das Anschirren der Pferde, das Gegacker der Hühner, das Quietschen und Knirschen der Wagenräder, das Schnauben, das Wiehern, dann das Wetzen der Sense, das Singen, das Krachen, das Spritzen der taufrischen Halme. Hier steht ein Mähdrescher, dort ein

Traktor. Das ist eine Diskothek und das eine Fabrik. Hier steht das Ortschild.

Claudio

Alles was ihn faszinierte, behielt er für sich, versteckt und verschwiegen, als existiere es nicht. Beim Anblick eines leicht gewölbten, im Halbschatten der Sonne liegenden, weißgetünchten Fenstersimses verspürte er Sehnsucht nach menschlicher Wärme.

Der Verliebte

An einem Spätnachmittag im Sommer überquerte ein Mann, angetan mit brauner Hose
und weißen Schuhen, das Scharfe Eck. Er warf
seinen Kopf in den Nacken und öffnete seinen Krawattenknopf. Vor einer Buchhandlung
glaubte er, etwas entdeckt zu haben, blieb aber
nicht stehen. Zielstrebig ging er die Bahnhof-
straße entlang. Zu Hause angekommen, legte er
seinen Aktenkoffer auf den Tisch, atmete tief.
Er ließ sich regelrecht in den Sessel fallen. Er
öffnete eine Packung Zigaretten, holte das Te-
lefongerät, stützte seinen Kopf auf die Hand-
flächen, nahm den Hörer und wählte. Sein Puls
wurde schneller. Er schluckte. In der Handflä-
che bildeten sich winzige Schweißperlen. Es
läutete siebenmal. Eine Stimme flüsterte – Rot-
käppchen. Hallo, sagte er. Sie hatte ihn sofort
erkannt.

Die Tasche

Um die Tasche nicht zu vergessen, stellte er sie am Abend vor die Türe. Doch im Traum wurde sie ihm gestohlen. Wäre sie nicht mehr hier, könnte ich ein neues Leben beginnen, dachte er, müsste mich nicht beeilen, frühstücken im Zug, keine Vorgespräche und die Prüfung erst gar nicht bestehen. Trotzdem würde mich interessieren, wer hier im Haus sich spezialisiert hat auf Reisetaschen! In meinem neuen Leben aber, soeben begonnen, wäre das kaum von Belang.

Entscheidung

Der Gerichtssaal ist bis auf den letzten Platz gefüllt. Die Kontrahenten, vertreten durch schwarze Robenträger, besprechen sich, gestikulieren, nicken sich bedeutungsvoll zu wie Raben. Der anberaumte Termin ist bereits überschritten. Die große Eichentüre öffnet sich, und alle stehen auf. Eine Richterin tritt in den Saal mit zwei Beisitzern, eröffnet die Verhandlung: Kläger, vertreten durch – Beklagter, vertreten durch. Schriftstücke werden begründet, nachgereicht. Der Richterin fehlt Aktenstück B15, oder soll es die 16 sein – die B14? B17 ist in Ordnung, ist B16 Bezeichnungsfehler? Nein, erwidert der Beklagte, nur ein Fehler. Die Richterin fasst zusammen: Außerordentliche Kündigung – Familienmitglieder auf Dienstreisen mitgenommen – Unrechtmäßig – Keine Bezahlung – Gab es Vorschläge, Gespräche über eine Wiedereinstellung? Beklagter: Ja, neues Arbeitsverhältnis mit geringerem Lohn wurde angeboten und abgelehnt. Richterin: Einzige Kündigung in diesem Dunstkreis? Beklagter: Ja! Unstreitig ist: Übernachtungs- und Bewirtungskosten wurden abgerechnet – ZDL-Kontingent vom RBK beim Bundesamt beantragt. Beklagter: Nein, die Stätte gehört uns, nicht dem Bund, die Verwaltung wurde uns übertragen, Gleichstein, der Ort, hat eine unabhängige Verwaltung, wir kriegen die Gelder, wir müssen aufrechnen, verrechnet wird vom Bundesamt. Kläger: Die Verwaltungsstelle muss nicht vorhandene Zahlen weitergeben, sechzig Prozent werden von uns gezahlt, im Folgejahr wird abgerechnet, volle Zahlen unterschiedlich gehandhabt, zur besseren Planung werden Differenzen vorkalkuliert, wie viel ZDL kommen, weiß man nie, obwohl die Tage feststehen. Beispiel: für alle Teilnehmer werden zwölftausend Stunden berechnet, unabhängig davon, ob nun zwanzig oder neun Besucher kommen, die nichtgerechnete Zahl wird für Fremdbelegung offengelassen, die Eingliederung klappt nie, deshalb Familienmitglieder, bezahlt haben müsste jeder. Richterin: Es geht nicht um Familienmitglieder, es geht um die Aufschlüsselung – gab es eine? Beklagter: Ja, mit einzelnen Belegen. Richterin: Gab es Einzelabrechnungen? Beklagter: Es gab keine Aufschlüsselung über Getränke. Richterin: Das ist nicht die Frage. Kläger: Es gab nur pauschale Abrechnungen. Richterin: Das wollte ich wissen. Beklagter: Es ist nicht erlaubt, Dienstleistende anzugehen, man darf keine Anweisungen geben, die der Vorgabe widersprechen. Richterin: Am Ende des Jahres wurde abgeglichen – wie wurde abgeglichen? Kläger: Ein personengenauer Abgleich wurde gemacht, zahlenmäßig, trotz Aufschrei in Gleichstein. Richterin zum Protokollführer: „Nach Aufforderung durch die Kammer erläutert der Kläger das System *Kontingentabrechnung* zwischen Gleichstein und dem Referat, der Kläger wiederholt seine Ausführungen, die in seinem Schreiben (Anlage B11 unter Punkt A3) stehen, der Kläger erläutert zusätzlich: Am Jahresende erfolgte eine Abgleichung bezüglich der Teilnehmerzahlen mit Gleichstein, dabei wurde eine exakte Aufstellung angefertigt, die aufzeigt, wie viele Teilnehmer im Kurs in Gleichstein teilgenommen haben, es erfolgte nur eine zahlenmäßige Erfassung, dadurch ergab sich ein Rückstand, weil weniger teilgenommen hatten als ursprünglich geplant." Kläger: Gleichstein sagte, wir verhandeln neu, das RBK machte Angebote, Gleichstein erklärte, eine Rückzahlung sei geplant, dann wurden neue Verrechnungen angestellt und eine Einigung erzielt. Richterin: Keine buchhalterischen Probleme? Beklagter: Nein, für uns fanden keine Zahlungen statt, Gleichstein und das Referat mussten berichtigen. Kläger: Es gab Zahlun-

gen, Geld musste fließen. Beklagter: Planungs-
zahlungen, mehr nicht, und der Referatsleiter
hat Geld zweckentfremdet für Familienmitglieder. Richterin: Darum geht es nicht, wir wollen herausfinden, wieso niemand kontrolliert,
wenn für neunzehn Personen verrechnet wird,
aber nur siebzehn Personen anwesend sind –
können Sie nicht zählen? Ich schon, dachte der
Zuschauer, der ständig mitgeschrieben hatte,
unglaublich, wie zermürbend das ist, welch ein
Aufwand. Richterin: Veruntreuung – Fristlose
Kündigung – Keine Abmahnung – Das Abrech-
nungsproblem bleibt – Wir können nicht wissen, wie wir entscheiden werden – Wollen Sie
weitergehen? Die Kontrahenten schweigen.
Richterin: Jedes Urteil wird falsch sein. Und
der Mitschreibende denkt: Undurchschaubar,
so ein Studium kommt für mich nicht in Frage,
niemals. Richterin: Vorschlag der Kammer:
Das Arbeitsverhältnis beginnt aufs neue, unbe-
fristeter Vertrag mit Gehaltsabstrichen, alter
Tarifvertrag, alte Rechte! Die Kontrahenten
schweigen, wollen sich nicht einigen. Der Kläger strebt neuen Termin an, neue Verhandlung mit Zeugen und Beweisaufnahme, nächste
Instanz, alles oder nichts. Der Schreibende
verlässt den Gerichtssaal, lässt die Türe ins
Schloss fallen. Kommt nicht in Frage, denkt er,

niemals. Dieses Kauderwelsch, dieser Form-
zwang. Wie ermüdend es ist, sich hineinzuden-
ken in Taten anderer Menschen, ermüdend und
fremd. Auch noch beraten und ein Urteil finden. Es schnürte ihm den Hals zu. Ausgerech-
net er, der Kreative, nicht einmal begriffen,
um was es hier geht, soll die Laufbahn seines
Vaters einschlagen. Es wäre sein Todesurteil.
Wieso kann er nicht verstehen, der Vater. Ihm
musste er berichten, Rechenschaft ablegen. Er
erwartete seinen Bericht, sein Urteil!

Die Türe

Ein Mann läuft suchend durch einen Flur. Auch wenn er drei Türen findet, auf denen AUSGANG steht – ihn interessiert, ob er in die falsche Richtung läuft. Für ihn ist das wichtig. Wichtiger als der Ausgang.

Die Chinesische Mauer

Eine Sage berichtet von einer schlafenden Schildkröte, deren Panzer, für einen Stein gehalten, eingemauert wurde. Am nächsten Morgen streckte sie ihren Kopf ins Freie. Da beschlossen die Arbeiter, die Mauer wieder einzureißen. Aber es gelang ihnen nicht. Niemand konnte die Schildkröte befreien. Eines Tages tastete sich ein Blinder an der Wand entlang, und wurde von der Schildkröte gebissen. Daraufhin konnte er wieder sehen. In Windeseile verbreitete sich das Wunder über das ganze Land. Sogleich kamen Kranke und Gebrechliche an den Ort, um sich heilen zu lassen. Sie liebten die Schildkröte über alles, beteten Tag und Nacht. Jenen Mann, der versehentlich die Schildkröte eingemauert hatte, überhäuften sie mit wertvollen Geschenken. Unzählige Menschen pilgerten an diesen Ort. Alle hofften auf ein neues Wunder. Schließlich verstarb die Schildkröte im Alter von sechshundert Jahren an Herzversagen. Ihr Panzer, so heißt es, sei noch heute an jener Stelle der Mauer zu finden, an der sich DAS WUNDER ereignet habe.

Die Reise

Die Frau sang leise: Meister Jakob, Meister Jakob, schläfst du noch? Während der Mann neben ihr lag, ein Buch über die griechischen Philosophen las, ein kleines handliches Büchlein, das schon ziemlich abgegriffen war. Meister Jakob, begann sie wieder, schläfst du noch, schläfst du? Das Kind öffnete den Mund, schlug mit Armen und Beinen umher, gab Worte und Laute von sich, die sie nicht verstand, obwohl sie ihm freundlich zunickte und lächelte, als würde sie alles verstehen, natürlich, mein Kleiner, Schnuckiputzi, du! Ihre Mutter sagte, lass das Kind nie aus den Augen, ein Kind darf man nicht aus den Augen lassen (was seiner Philosophie widersprach), und wenn es schläft, lass das Kind nie aus den Augen, ich habe aufgepasst auf dich wie ein Wachhund, pass auf, sagte sie. Der Mann schrieb ein Wort in ein kleines Schreibheft, das er vor sich liegen hatte, blickte kurz auf das Baby. Was das Baby dabei dachte, wusste sie nicht, konnte es nur erahnen. Es begann zu stöhnen, blickte ihn an mit großen Augen. Schöner Ort, sagte sie, oder? Er antwortete nicht. Das Baby lächelte, zeigte gleichzeitig ein schmerzhaftes Gesicht, begann

mit den Armen zu fuchteln. Die Frau sang:
Meister Jakob, Meister Jakob. Der Mann las
weiter. Das Baby lag auf dem Rücken, blickte
in den Himmel, packte sich selbst mit den Händen an der Nase, begann zu jauchzen. Beide
waren zum ersten Mal in ihrem Leben in der
Fremde, weit weg von zu Hause, und allein mit
dem Baby. Der Swimmingpool des Hotels
leuchtete weiß und blau, manchmal tiefschwarz
in der schrägstehenden Sonne. Plötzlich rief der
Kleine: Mama, Mama! Beide waren entzückt,
und voller Zuversicht.

Die Stimme

Sie glauben wohl, Sie können hier machen, was Sie wollen. Woher kommen Sie eigentlich, und wie heißen Sie, nur auf der Durchreise und sich aufführen, als seien Sie hier zu Hause, was!? Der Mann erschrak, stützte sich auf, suchte den Lichtschalter. Jetzt erst merkte er, dass er nicht gemeint war. Er stieg aus dem Bett, spreizte seine Hände in die Hüfte und ging ans Fenster. Wieder war diese Stimme zu hören. Diese tiefe schwere Stimme, die ihn an seinen Vater erinnerte. Aber der war es nicht, und er wollte auch nicht an ihn erinnert werden, jetzt um drei Uhr früh in diesem Urlaubsort. Ein deutsch sprechender Mann, dessen Stimme von den Ferienhäusern widerhallte. Morgen würde er sich beschweren, ganz bestimmt, nur jetzt wollte er schlafen, sich ausruhen nach der langen Anreise, die er, im Vergleich zu den meisten Urlaubsgästen hier, nicht im Flugzeug, sondern mit dem eigenen Wagen gemacht hatte. Dementsprechend müde und erschöpft fühlte er sich. Jetzt fing die Stimme wieder an, etwas leiser vielleicht als vorher, etwas mutloser auch, aber immer noch hörbar, laut genug, um nicht weiterschlafen zu können.

Das Schulheft

Während er verzweifelt um sich schlug, die Zeitung bereits in der Hand, begann plötzlich Regen ans Fenster zu trommeln. Die Wut und der Zorn legten sich, die Angst, die Fliege könnte sein Bild zerstören. Seltsam gerührt blickte er durchs Fenster, hörte ein Geräusch, das ihn erinnerte an einen Weg, den er einmal gegangen war, früher, als Kind, mit dem Schulheft unter dem Arm: Ich habe gestohlen! Ich habe gestohlen!

Fußnoten

Der starke Geruch des Buches, der Erinnerungen an die Kindheit weckt. Das Interesse der Frauen am Intellekt der Männer. Weiße Fahne vor einem Gefängnis. Erklärungssucht. Was man selbst nicht hat, sucht man bei anderen. Gesunder Menschenverstand. Vertrauensperson. Wann war die Schlacht bei Waterloo. Jeder erschrickt, wenn sein Name fällt.

Der Anruf

Hallo, mein Lieber, ich wollte dich mal sprechen, weißt du, ich habe Prüfung und Halsweh,
aber dann trinke ich Martini, das soll helfen,
was spielst du im Hintergrund, nein, du hast einen Geschmack, ist mir zu überzüchtet, Au-
genblick jetzt, es klingelt! Das kennt er, Anrufe
machen, genau kalkulieren, keine zwei Minuten, schon klingelt es an der Türe, dieses Ge-
protze mit Freunden und Bekannten: Entschuldigung, ein Freund ist gekommen, hab nicht
mehr damit gerechnet! Das hätte sie sich sparen
können, jetzt sagt sie auch noch: Du solltest
öfter weggehen, Kontakte, mein Lieber, warte
mal, es klingelt schon wieder (Hallo, welche
Überraschung, komm rein, ist nur noch einer
am Telefon). Legte er jetzt auf, hätte sie es erreicht: Ruft mich ständig der Kerl an, ekelhaft!
Nein, er sollte weitersprechen, ihr etwas erzählen, damit sie ins Lachen kommt, vielleicht
auch: Du hast viele Freunde, du bist zu benei-
den (Jetzt klingelt es wieder). Nein, bin ich
nicht, täglich das Haus voller Gäste, viel zu an-
strengend! Nein, sollte er sagen, die Stimmen
im Hintergrund kenne ich doch, Monika und
Nicole? Was, die kennst du (Das fragt sie be-

tont freundlich), willst du mit in die Disco?
Nein danke, sollte er sagen, da schaue ich mir
lieber einen Comic an! Einen was (Im Hintergrund Gemurmel, Gläserklirren)? Einen Comic! Und was liest du sonst? Horrorgeschich-
ten. Wie schrecklich, die alten Griechen solltest
du lesen! Gestorben, meine Liebe, gestorben,
ich habe keine Zeit mehr, mein Freund ist gekommen. Wer ist gekommen? Mein Freund!
Niemand hat angerufen.

Der Nachmittag

Sie spazierten gemächlich einen Feldweg entlang, als die Sonne bereits tief am Horizont stand. Zwei langgezogene Schatten wanderten zögernd vor ihnen her. Sie hatten den Aussichtsturm nicht gefunden, überlegten, ob es ein Fehler gewesen war. Da blieb sie stehen, bückte sich. Ein Granatapfel lag im Gebüsch, leicht verstaubt. Sie putzte ihn und lächelte. Nimm, sagte sie. Er öffnete seine Hand. Dann gingen sie weiter. Als sie das Eingangstor erreicht hatten, trennten sie sich. Sie sagte, es war ein schöner Tag. Ihr Mann wollte morgen kommen. Das sagte sie auch. Aber es war ihm egal. Er wollte gar nichts anfangen mit ihr. Es hatte sich einfach ergeben. Gestern, nach dem Abendessen, an der Bar. Ihr Mund war ihm aufgefallen. Sie wurde leicht verlegen. Er erzählte ihr, dass er stets den Mund der Leute betrachte, nie die Augen. Schon als Kind habe er sich das angewöhnt. Da begann sie zu lächeln. Er war völlig gelöst, musste sich nichts beweisen. Wahrscheinlich ging sie aus Langeweile auf ihn ein. Doch er bemerkte, dass sie leicht geschluckt hatte beim Abschied, so, als müsse sie etwas Unzerkautes hinunterschlingen. Ja, das hatte er gesehen. Er war auf dem Weg zu seinem Zimmer, blieb stehen, hatte noch immer den Geschmack des Apfels im Mund. Er schmeckte süß und herb zugleich. Das wollte er ihr noch sagen.

Das Hotel

Im Hotel war eine große Hochzeit ausgerichtet. Zahlreiche Gäste hielten sich im Speisesaal auf. Lautstark wurde das Brautpaar begrüßt. Und die Frau konnte nicht schlafen. Sie war gegen Mittag hier angekommen, hatte gleich ihr Gepäck aufs Zimmer bringen lassen, Türen und Fenster geschlossen und sich, angezogen wie sie war, auf das frisch bezogene Bett gelegt. Sie war furchtbar enttäuscht, wollte nur noch schlafen, doch das leicht dahinplätschernde Piano unten im Saal ließ sie wieder aufschrecken. Sie fühlte sich vernachlässigt, alleingelassen. Ständig dachte sie an etwas, an das sie nicht denken wollte. Gereizt stand sie wieder auf und ging ans Fenster. Insgeheim bereute sie bereits, dass sie hierhergefahren war, am liebsten hätte sie ihre Reise rückgängig gemacht. Sie öffnete das Fenster, zog geräuschvoll die Fensterläden zu.

Die ersten Hochzeitsgäste traten bereits ins Freie, schlenderten gemächlich auf den hoteleigenen Swimmingpool zu. Der Bademeister machte sie darauf aufmerksam, dass das Betreten mit Schuhen nicht gestattet sei. Sie kümmerten sich nicht darum, traten fröhlich plaudernd in das eingezäunte Gelände. Der Bademeister komplimentierte sie wieder hinaus. Dem Mann, der seine Frau erwartet hatte, war das peinlich. Er schämte sich fast dafür. Sie winkte von weitem, kam direkt auf den Eingang zu. Warte, rief er und schlüpfte in sein Hemd, ich komme! Das sollten Sie nicht machen, meinte der Bademeister, barfuß über den Hof laufen. Die Frau sagte: Was für eine Begrüßung, keine Nachricht an der Rezeption, dass du mich erwartest! Und eine Horde Kinder stürmte in das offene Gelände. NON POSSIBILE, rief der Bademeister. AVANTI! Er verscheuchte sie wie lästige Fliegen. Schöne Gesellschaft, sagte die Frau. Der Mann versuchte seinen Arm um sie zu legen. Doch sie drehte sich weg. Was ist, fragte er. Das Paradies, entgegnete sie, du freust dich ja mächtig, dass ich hier bin, zwei Wochen allein, und schon kennst du mich nicht mehr!

In dem Moment trat das Brautpaar ins Freie. Ihnen voraus ein junger Fotograf mit drei Kameras um den Hals. Sie steuerten den Swimmingpool an. Der Bademeister hatte für einen Moment nicht aufgepasst, und die Badegäste gingen lächelnd zur Seite. Auch die Frau und der Mann folgten dem Brautpaar. Die ganze

Hochzeitsgesellschaft hatte sich am Swimmingpool eingefunden. Die Frau blickte den Mann zornig an, doch er reagierte nicht. Die Gesellschaft ließ das Brautpaar hochleben, und die Sektkorken knallten.

Der Fotograf war bereits damit beschäftigt, sämtliche Gäste zu fotografieren, als die Frau verbittert auf ihr Zimmer ging. Sie verschloss ihre halb geöffneten Koffer, lief hinunter zum Wagen und ließ ihn aufheulen, während ein Bediensteter bereits das Gepäck im Kofferraum verstaute.

Wie immer hatte der Mann zu spät reagiert, sah nur noch den Wagen in Richtung Berge verschwinden. Die Hochzeitsgesellschaft versperrte ihm den Weg. Es dauerte, bis er seinen Wagen aus der Parklücke rangiert hatte. Im Nachbarort, wo er sie vermutete, fand er sie nicht. Er hielt auf dem Felsenplateau, von wo aus er schon mehrfach das gesamte Tal überblickt hatte, doch weit und breit war nichts zu sehen. Nur einmal blitzte ein Wagen in der Sonne auf. Da glaubte er, sie würde es sein, musste aber feststellen, dass es nur das Postauto war, das da die Serpentine emporkletterte. Den ganzen Nachmittag kurvte er in den Bergen umher. Er hätte sich beinahe verirrt, fand sie nicht mehr.

Als er am Abend zurückkehrte, suchte er sein Zimmer auf. Die Türe war leicht angelehnt, sie saß auf dem Bett. Idiot, sagte sie. Dann ging er auf sie zu. Idiot, wiederholte sie und lächelte, zog ihn langsam zu sich herunter. Unten im Saal begann jetzt die Musik zu spielen.

Ketten

Der Mann, der durch glückliche Umstände zu Reichtum gekommen war, rückte seine Sonnenbrille zurecht und stolzierte auf zwei Mädchen zu, die am Strand aus Langeweile die neuesten Hits vor sich hin trällerten. Hello, sagte er, ich bringe euch ganz groß raus! Die eine begann zu kichern, die andere sagte: Yeah! Ich habe die Fäden in der Hand, meinte er, kenne sämtliche Leute in der Branche, weil ich selbst zu ihnen gehöre! Cool, sagte die erste. Die zweite musterte ihn von oben bis unten. Giribaldi, mein Name, sagte er und überreichte ihnen seine Visitenkarte, auf der eine Villa zu erkennen war. Oben auf dem Hügel, gegen Mitternacht, fügte er hinzu und verschwand.

Die beiden Mädchen blickten sich belustigt an. Wer glaubt, wird selig, meinte die erste. Nicht ganz ohne, die zweite. Dann legten sie sich in den Sand, lauschten auf die Geräusche des Meeres. Jemand hatte ihnen erklärt, dass man dadurch sein Gehör schulen könne.

Am Nachmittag spazierten sie die Promenade entlang, erkannten auf der Terrasse einer Bar den Mann wieder, der sie angesprochen hatte, neben ihm eine üppige Blondine, die ihnen bekannt vorkam, Filmstar oder Sängerin – und beide kamen ins Grübeln. Daraufhin kauften sie sich einen Eisbecher, den sie redlich miteinander teilten.

Der Mann hatte bei der vollbrüstigen Frau kein Glück gehabt, fuhr allein im offenen Wagen den Hügel empor. Die Villa leuchtete hell und weiß vor dem blauen Himmel. Oben angekommen, mixte er sich einen Drink, schälte sich aus seinen Kleidern und legte sich auf die Couch. Er wäre beinahe eingeschlafen. Schließlich schaltete er den Fernseher ein. Seine Ketten griffbereit, verfolgte er im Halbschlaf einen Krimi.

Kurz vor Mitternacht knatterten zwei Motorroller den Hügel hinauf, bogen im Licht einer Laterne in den Hof der Villa ein. Die Motoren und Scheinwerfer der Roller gingen aus, und zwei Mädchenstimmen unterhielten sich leise. Es war mehr ein Frage- und Antwortspiel. Sie blickten auf ein hellerleuchtetes Fenster, machten sich aber nicht bemerkbar.

Der Mann saß noch immer vor seinem Fernseher, starrte auf die Uhr und schreckte hoch, weit
nach Mitternacht! Er fluchte, öffnete das Fenster, konnte aber nichts erkennen, stürmte in den
Hof. Wieder im Zimmer, hörte er zwei Motorroller langsam den Berg hinunterrattern, glaubte plötzlich, sie würden umkehren. Doch er
hatte sich geirrt, es war nichts mehr zu hören.
Enttäuscht warf er seine Ketten wieder in die
eisenbeschlagene Kiste, auch die Peitsche, hielt
den Schlüssel in seiner Hand. Morgen ist auch
noch ein Tag, dachte er.

Die Nacht

Die Nacht die geht die Nacht die lügt die Nacht
die leidet die Nacht die übt die Nacht die lebt
die Nacht die schläft die Nacht die lacht die
Nacht die vergisst die Nacht die mordet die
Nacht die liebt die Nacht die schwindet die
Nacht die wühlt die Nacht die träumt die Nacht
die tagt die Nacht die wacht die Nacht die
Nacht –

Die Spinne

Es war ein herrlicher Sommermorgen. Der Mann hängte seine frischgewaschenen Hosen und Hemden auf den Balkon. Als er nichts mehr zu tun hatte, fuhr er mit dem Fahrrad zweimal um den nahegelegenen See, kehrte gegen Mittag wieder zurück. Nichts hatte sich ereignet. Er ging ins Badezimmer, blickte in den Spiegel, trat wieder hinaus auf den Balkon. Dort bemerkte er ein großartiges Kunstwerk, ein Spinnennetz, das in der Sonne glitzerte. Langsam trat er näher. Eine Fliege zappelte im Netz. Da bemerkte er die Spinne! Erschrocken blieb er stehen, trat einen Schritt zurück. Aber die Spinne bewegte sich nicht. Wie gebannt blickte er auf die Fliege, die vergeblich versuchte, sich zu befreien. Da wünschte er sich eine Spinne zu sein.

Schweigen

Schweigen war das Wort in seiner Kinderzeit. Anpassung das zweite. Das lernte man in der Schule. Wann hatte er jemals gesprochen? Zu sich selbst? In den Spiegel? Aufrecht geht man durchs Leben, sagte sein Lehrer. Hieß das, sich nichts gefallen lassen? Dabei tauchte das Wort Unterdrückung auf. Hatte er jemals gelernt, sich nichts gefallen zu lassen? SCHWEIGEN, ANPASSEN, AUFRECHT DURCHS LEBEN GE-HEN, schrieb er auf ein Blatt Papier.

Die Fahrkarte

Der Schaffner hatte sich als solcher nicht zu erkennen gegeben, stand auf von seinem Platz,
schlüpfte in seine Jacke und marschierte
schnellen Schrittes durch den Gang auf den
Reisenden zu, der dort allein im Abteil saß.
Ausweis, sagte er. Der Reisende zeigte ihm die
Fahrkarte. Den Ausweis, sagte ich! Warum,
fragte der Reisende. Sind Sie nicht Giribaldi?
Nein, entgegnete er. Zeigen Sie mir Ihre Papiere! Ich habe nichts getan, sagte der Reisende.
Dann haben Sie auch nichts zu befürchten!
Schließlich reichte er ihm seinen Ausweis. Warum nicht gleich so, meinte der Schaffner und
begann darin zu blättern. Wohin, fragte er. Das
steht auf meiner Fahrkarte, aber die interessiert
Sie ja nicht! O doch, entgegnete der Schaffner, eins nach dem andern! Stimmt das, fragte er und ließ sich Geburtsort, Geburtsdatum
und Wohnort aufsagen. Jetzt die Fahrkarte! Ein
zweiter, anscheinend höhergestellter Beamter
trat ins Abteil, winkte den Schaffner zu sich
und fragte: Glück gehabt? Nein, entgegnete er,
und beide verschwanden. Der Reisende stand
auf, schob seine Tasche tiefer ins Gepäcknetz,
legte seinen Mantel darüber. Noch fünfzig Ki-

lometer, dachte er. Die beiden kehrten zurück,
marschierten aber diesmal vorbei an ihm.

Der Traum

Kaum hatte er die Grenze überschritten, erreichte er das Dorf und fühlte sich wohl. Zum ersten Mal in seinem Leben glaubte er angekommen zu sein. Trotz warnender Beschreibungen seiner Freunde. Hier am Rande der Wüste konnte er wieder schlafen, ruhig und fest. Auch die Bewohner so freundlich und zuvorkommend, als sei er ihr ganz spezieller Gast. Hier am Rande der Wüste begrub er alle seine Sorgen und Ängste. Und jetzt soll er wieder gehen?

Das Kunstwerk

Er klebt Tüten, Plastikschachteln und Handschuhe auf eine Tafel. Bei näherer Betrachtung erkennt man die Schultafel. Er will ein gewaltiges Kunstwerk errichten, größer als die Schule, die ihm nur gesalzene Strafarbeiten aufgibt. Er, der nie etwas Verbotenes getan, weder falsch geschrieben, falsch gerechnet noch den Unterricht gestört hat. Da, rufen die Lehrer, schon wieder ein Fehler! Er ist bereits an der Spitze angelangt, versucht sich jetzt selbst an die Tafel zu kleben.

Claudio

Claudio machte seinen längst überfälligen Krankenbesuch. Der Kranke freute sich, Claudio wiederzusehen. Claudio war überrascht. Der Kranke konnte sich bereits in ganzen Sätzen ausdrücken, auch seinen Kopf ohne Schwierigkeiten bewegen. Sein Gesicht hatte Farbe bekommen, und jedes Wort unterstrich er mit einer Handbewegung. Ein großer Schritt zurück in die Gesundheit, dachte Claudio erleichtert. Er setzte den Kranken in seinen Rollstuhl, schob ihn durch den Aufenthaltsraum hinaus auf die Terrasse. Die Sonne schien, aber der Kranke machte ein finsteres Gesicht. Claudio versuchte ihn aufzuheitern. In vierzehn Tagen bist du wieder zu Hause, sagte er. Der Kranke reagierte nicht. Auf was freust du dich, wenn du wieder zu Hause bist, fragte Claudio. Dass ich wieder zu Hause bin, antwortete der Kranke. Meine fürsorgliche Sprechweise stört den Kranken, ich sollte ihn behandeln wie einen Gesunden, dachte Claudio. Sah er nicht, im Vergleich zu seinen früheren Besuchen, bereits bedeutend gesünder aus? Seine Augen strahlten, blickten ihn freundlich an. Die Sonne wärmte sein Gesicht. Claudio reichte ihm die

Hand, blieb lange Zeit so schweigend in der Sonne vor ihm sitzen. Schließlich stand er auf und ging in den Aufenthaltsraum, der völlig leer war. Claudio blickte sich um. Lieblos, dachte er. Die Schwelle, hinaus zur Terrasse, war hoch und kantig. Fuhr man mit dem Rollstuhl darüber, wurde der Patient zweimal kräftig durchgerüttelt. Im Raum stand eine übergroße Palme. Ein Tisch. Drei Stühle. An der Wand ein Bücherregal. Dort lagen die Bücher ungeordnet. Claudio zwängte sich an der Palme vorbei, betrachtete ein Buch mit der Aufschrift DIE ERBSCHAFT. Er nahm es in die Hand und blätterte darin. Er wollte es lesen, stellte es erst zurück ins Regal, schob es dann schnell in die Tasche. Hatte er nicht selbst einen guten Freund, der hintergangen wurde von seinen Geschwistern. Gemein und hinterrücks. Nichts außer einen Notgroschen hatte er erhalten. Nur weil er fortgegangen war von zu Hause. Als Abtrünnigen hatten sie ihn bezeichnet vor den Eltern, als undankbaren Einzelgänger! Durch dieses Buch, glaubte Claudio, würde er einiges erfahren. Er steckte es noch tiefer in die Tasche, ging wieder hinaus zu dem Kranken. Auf was freust du dich am meisten, wenn du zu Hause bist, fragte er noch einmal. Der Kranke blickte ihn milde lächelnd an und sagte, dass ich zu

Hause wieder im Garten sitzen kann! Und jetzt fahr mich bitte ins Zimmer, in fünf Minuten gibt es Essen! Das mache ich, sagte Claudio, schob den Kranken über die Schwelle zurück ins Krankenzimmer und verabschiedete sich. Zu Hause schlug er neugierig das Buch auf, wollte es sofort lesen, aber im Fernsehen wurde ein wichtiges Fußballspiel übertragen. Am nächsten Tag stand eine Einladung auf dem Programm, und am übernächsten Tag war er sehr müde. Erst nach einer Woche erinnerte er sich wieder an das Buch. Er las es dann in einem Zug und ohne Unterbrechung. Er war erschüttert. So läuft es also, dachte er, und machte sich wieder auf den Weg zu dem Kranken. Er klopfte an dessen Türe, doch das Zimmer war verlassen. Im Aufenthaltsraum war niemand zu sehen. Schnell stellte er das Buch zurück ins Regal – da kippten alle Bücher um. Eine Krankenschwester kam herein. Was machen Sie hier, fragte sie streng. Ich, sagte Claudio, ordne nur die Bücher, aber Sie können mir sicher sagen, wann der Herr von Zimmer 105 entlassen wurde. Der Patient von 105, wiederholte sie, ist gestern verstorben – wussten Sie das nicht?

Der flüchtige Blick

Immer wieder habe ich weggeschaut, weggehört und bin doch wieder darauf zurückgekommen. Blicke, Worte, unausgesprochen, von der Kirche auferlegte Gebote, Konditionierungen aus frühester Kindheit. Alles was mich bewegte, versuchte ich zu verdrängen. Ein Lehrer in der Volksschule sagte: AUS DIR WIRD NICHTS. NIEMALS! Er wollte mir das Zeichnen verbieten, weil ich die Welt auf den Kopf gestellt hatte. Schreiben und rechnen, ZEICHNEN wie die andern. WIE aber waren die andern? Alles, bloß nicht ich! Nein, der Herr Lehrer wollte mir zeigen, wie sie aussieht, die Welt – die Welt der Erwachsenen. Er wollte mir zeigen, wie man zeichnet. Aber es waren SEINE Zeichnungen. Es war SEINE Welt, nicht MEINE. Ich sollte etwas lernen, was ich längst beherrschte. Ich fühlte mich ihm ausgeliefert, unter Druck gesetzt und habe sehr bald aufgehört damit. Erst Jahrzehnte später, als ich wieder mit dem Zeichnen begonnen hatte, erst nach über tausend nichtgegenständlichen Zeichnungen merkte ich, dass andere MEINEN STIL kopierten und Geschäfte machten damit. Ich verstand die Welt nicht mehr. Musste ich mich nicht schä-

men, weil ich sie auf den Kopf gestellt hatte –
musste ich nicht aufhören damit? Wurde es mir
nicht verboten? Verängstigte Kinderseele, ver-
bildetes Kind, ungerechte Welt! Jetzt erst begann ich zu zeichnen WIE ICH es konnte. Jetzt
erst fühlte ich mich frei. Endlich hatte ich meinen Weg gefunden.

.

Das Zimmer

Verfallen Sie nicht dem Irrtum, sich hier zu Hause zu fühlen. Am besten wird sein, Sie wünschten sich, mich niemals kennengelernt zu haben. Wer sagt Ihnen, dass Sie hier richtig sind? Wenn Sie sich jemals die Frage gestellt haben, bevor Sie hier eintraten, mit allen Konsequenzen, können wir weiterreden. Wenn nicht, haben auch Sie hier nichts verloren! Die Stimme hatte aufgehört zu sprechen, und der Mann blickte sich um. Der Raum kam ihm bekannt vor, etwas kleiner vielleicht als in seiner Erinnerung. Dieselben Bücher, Clubausgaben, Schallplatten, veraltete Clublexika, selbst die Geschenke, Landkarten, Mosaiksteine und derlei Blödsinn. Kurzum: seine ganze Vergangenheit! Er wollte wegrennen, fort von hier. Aber das ging nicht. Er hatte vorher zugestimmt. Mit allen Konsequenzen.

∗

CANTUS

Adelhard Winzer
Zwei Stücke im CANTUS Theaterverlag

ADELHARD
WINZER
KRETHI UND PLETHI
Ein Spiel

Ein Stück, das die Sprache zum Mittelpunkt hat.
Befangenheit und Vorurteile der Menschen.
Keine zwingende Handlung. LAYLA
(schwarzhaarig) und SABRINA (blond),
einheitlich gekleidet,
sitzen Rücken an Rücken auf einer Bank,
reden über eine fremde Person, stehen auf,
gehen im Kreis, deuten mit den Händen,
vermeiden es, sich dabei anzuschauen.
Ort des Geschehens: Ein Kirchenplatz.
Bühnenlicht, das, während sie sprechen,
allmählich schwächer wird und den Schatten
des Kirchturms näher bringt. Bewegungen
und Gesten sollen nicht übertrieben wirken.
Freier Redefluss. Dazwischen kurze und längere
Pausen. Keine strenge Regieanweisung,
die Inszenierung liegt in der Hand des Regisseurs.
LAYLA und SABRINA telefonieren in den Pausen:
nehmen Anrufe entgegen, die sie mit JA oder NEIN
oder SOWIESO beantworten, oder sie schreiben
SMS auf ihren Handys, murmeln Unverständliches
dabei, schminken sich oder blättern in Illustrierten,
gähnen, schauen neugierig um sich, manchmal auch
verängstigt. Beide treten sehr selbstsicher auf –
aber nicht überheblich.

ADELHARD
WINZER
DAS KORKENSPIEL
Drama

Ein Leben ist immer zu kurz
für ein ganzes Leben

Alf und Bianca haben ihre Stadtwohnung
Aufgegeben und versuchen in einem abgelegenen
Bauernhof auf dem Land sesshaft zu werden.
Eines Tages bekommen sie Besuch von Gitte und
Ernst, einem befreundeten Paar aus der Stadt. Sie
machen es sich bei Kaffee, Kuchen und Wein im
Garten bequem, erzählen von ihren Reisen nach
Asien, Österreich, Italien, Mexiko und New York.
Während Alf und Bianca sich gegenseitig die
Beweggründe ihres Neuanfangs zu erklären
versuchen, schwärmen Ernst und Gitte von der
ländlichen Umgebung. Dabei stellt sich heraus,
dass Alf und Bianca von ihrem neuen Nachbarn
dominiert werden, die angebliche Idylle nur
täuscht, alle vier sich im Grunde nichts zu sagen
haben. Ein harmlos erscheinender Nachmittag auf
dem Bauernhof, bei dem es am Abend zur
Katastrophe kommt.

Aufführungsrechte:

CANTUS Theaterverlag
Batschenhoferstr. 37
73569 Eschach
Fon 0049 (0) 7175 30 92 46
Fax 0049 (0) 7175 91 91 17
cantus@cantus-verlag.com
www.theaterverlag-cantus.de